极度文丛 · 黑陶作品系列

中国册页

黑 陶
著

ZHONGGUO CEYE

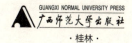

GUANGXI NORMAL UNIVERSITY PRESS
广西师范大学出版社
· 桂林 ·

图书在版编目（CIP）数据

中国册页 / 黑陶著. —桂林：广西师范大学出版社，2020.2
（极度文丛. 黑陶作品系列）
ISBN 978-7-5598-2384-7

Ⅰ. ①中… Ⅱ. ①黑… Ⅲ. ①散文集－中国－当代
Ⅳ. ①I267

中国版本图书馆 CIP 数据核字（2019）第 263744 号

广西师范大学出版社出版发行

（ 广西桂林市五里店路 9 号　邮政编码：541004 ）
　网址：http://www.bbtpress.com
出版人：黄轩庄
全国新华书店经销
北京盛通印刷股份有限公司印刷
（北京经济技术开发区经海三路 18 号　邮政编码：100176）
开本：880 mm × 1 230 mm　1/32
印张：9　　字数：155 千字
2020 年 2 月第 1 版　　2020 年 2 月第 1 次印刷
印数：0 001~8 000 册　　定价：45.00 元

如发现印装质量问题，影响阅读，请与出版社发行部门联系调换。

目录

瞬间

　　我坐着。身旁是倒卧的、被削去了半个头颅的硕大石狮。因为早晨露水的缘故，白花花的粗糙石狮，浑身湿漉漉的。太阳升起来了。一枚草叶的微小阴影，打在石狮身上，阴影中间，是一只濡湿的、一动不动的青色蚱蜢。

　　前面就是喧杂的集市。提篮，挑着的箩筐，鼓胀的印有红字的化学编织袋。深蓝和藏青的人群挤动。到处是竹笋，粗圆的、未剥去箨衣的沾泥竹笋，滚落在地上或筐中。沿街的豆腐作坊，它所不断蒸腾的团团热气，就像《西游记》中的无穷祥云；整板耀眼的豆腐，被吆喝着端出来，黄豆的发热香气，一直弥漫至街的拐角。肉墩头是露天的，截断并被剖开的巨木（甚至没有去掉苍黑的树皮），做了案台。黑壮的屠夫，挥舞阔大弧形的斩肉刀，鲜红、细碎的骨磕，由此像礼花一样四处飞

徽州木雕

溅。从肉墩头前走过的细瘦老太，一边走，一边总是留神她的竹篮——左臂挎着的竹篮里，是一只被草绳缚住了双脚的锦绣公鸡。"咕咕咕——"，公鸡很不老实，脖间发出滚动的声音，每每欲将红冠的鸡头伸向篮外，但每次都被老太嶙峋的右手执拗地按回了篮中。我留意很久的那个站在街中的男孩，终于响亮地哭了。拖着鼻涕，一手拿着咬了半根的油条，穿皱皱的暗红毛衣，也许是发现大人不见了，他尽情地放开嗓子。集市人群中男孩的哭声，和突然晃射的阳光同样灿烂。

越过丛林的山峰，君临的太阳使此时所有的阴影变得强烈、浓郁：石狮的阴影，叶片的阴影，竹篮的阴影，肉墩头的阴影，男孩的阴影，雕花门楣的阴影，残破高墙的阴影，一条街的阴影，整座山中乡镇的阴影……

隶属于南方崇山峻岭中的一个省份。

隶属于中国，缓缓转动中的地球上的中国。

然后，"2 万或 2.5 万英尺高的天空总是蓝的。然后蓝色停止，深一点的蓝色接手，越来越浓。130 英里以上的天空是黑色的。星星、银河、星云、星团、无线电波银河系，亿万光年之远，几乎完全布满气体和星辰"（《事象地平线》，米开朗琪罗·安东尼奥尼著）。

哀牢山中

　　淡绿、浅绿、黄绿、碧绿、白绿，以及接近天上乌云的发黑深绿——这是叶子，无法穷尽的植物的叶子，在我身体的周围交织、缠绕、怒放，阻挡了我眼前局部或整个的天光和太阳。圆形的、椭圆形的、卵形的、倒卵形的、心形的、三角形的、硕大的、微小的、边缘有锯齿的、边缘没有锯齿的，光滑的、毛糙的，叶脉凸显的、叶脉细隐的，粗厚的、近乎透明的……行进的过程中，无穷无尽的叶子被我分开，然而它们又总是像水流一样，撞击着我的衣裤、手臂、脸、耳朵和头发。我喜欢随手摘下它们，撕开，在鼻尖嗅闻这来自山地和丛林内部的气味：激烈的树腥、突袭的青涩，或者是萦回如缕的细香，顿时，猛烈袭击我突然敏锐起来的嗅觉。

　　此地的志书上，记载有一整座广袤无边的植物王国：秃杉、云南山茶、野茶树、粗榧、云南黄连、云南石梓、鹅掌楸、荔枝、大树杜鹃、水青树、云南七叶树、翠柏、苏铁、龙眼、云南紫薇、思茅木姜子、红花木莲、楠木、红椿、灵芝、茯苓、回心草、贯众、侧柏、鱼腥草（狗青菜）、荜拨、鱼子兰、虎杖、辣蓼、何首乌、弓腰老、土牛膝、青葙（鸡冠花）、商陆（山萝卜）、草乌、虎掌草、大木通、三棵针、十大功劳、金线吊葫芦、土厚朴、乌药、杜仲、仙鹤草、乌梅、山楂、草决明、铜线麻黄、苏木、石莲子、香木绿、白虎草、山芝麻、犁头草、通草、刺五加、杏叶防风、山白芷、益母草、薄荷、藿香、曼陀罗、灯笼草、铜锤草、臭灵丹、肾炎草、红花龙胆、千张纸、白花蛇舌草、金银花、天南星、半夏、天冬、麦门冬、七叶一支花、仙茅、石斛、白及、坠千斤、竹叶石风丹……（参看《镇沅彝族哈尼族拉祜族自治县志》，云南人民出版社 1995 年版）

　　这里是全世界饮茶人的故乡和圣地。因为，此处的山地密林中，至今旺盛生长有一棵树龄已高达 2700 年的世界野生古茶树之王。在幽暗如夜晚的原始丛林中，攀越者的呼吸声特别清晰，我们前去拜谒这位茶的"始祖"。

　　粗黑的藤萝密密悬挂，不时有朽坏的巨木躯体，倒卧在林中通往前方的小路中央或湍急的溪涧之上。这些往昔森林中的健壮生命，或为雷劈，或被虫蛀，倒塌之后，现在生满了湿滑的绿苔。横在路中的，有的需登爬而越，有的要躬身钻过；架在溪上的，则成了极易滑人的奇形怪状之桥。视觉、听觉、嗅觉，以及额头或颈脖皮肤的接触中，到处是冰凉的水。突然眼前如天光般一亮的，是当地人称为"吊水"的轰响瀑布；更多的，是热带雨林中积聚并不时滑泻的发绿宿雨或露水。地面是厚厚的腐叶，脚踩过后，便冒出水泡。最为扰人的是雨林中的蚂蟥，褐色，前后两只吸盘，细细的身子异常灵敏柔韧，在你稍微觉得有些瘙痒的时候，它锐利执着的吸盘就已经深入你的血肉。同伴的手上不知何时被蚂蟥侵入，鲜血流淌；另一只蚂蟥，也光顾了我的脚背——它是怎样突破我的鞋袜掩护，而偷偷将吸盘牢牢地叮在了我的皮肤之上？

在丛林中的海拔 2450 米处（哀牢山主峰大雪锅山海拔为 3137 米），我以敬仰的心情伫立。这里散生着万亩野生古茶树群落，而那棵著名的世界茶树王，就挺拔在我的眼前。"树龄 2700 年，树高 25.6 米，树干胸围 2.82 米。"枝叶滋润碧绿，神情遗世独立。我须用劲仰头，才能看清它的冠顶。这是地球上的"茶祖"，缓步绕树一周后，我俯身捡拾数枚落于地上的阔大茶叶（叶叶皆碧），以纪念这场珍贵的相逢。

莽莽哀牢山深处，同样跃动着人的身影。这方地理空间内的土著居民，有一支是神秘的苦聪人。云南省西南部的镇沅县者东乡，在群山、竹丛、浓云和芭蕉掩映间的一座苦聪村寨里，我自认为倾听并触摸到了这支神秘部族内心的声音。六把已经被肌肤磨得细腻的简陋三弦，由他们或坐或立旁若无人地演奏着，羊肠弦上奏出的琴音，低、闷，嘈嘈如语，忧伤的旋律和着竹叶风声，缓缓地流过我身前的万古峡谷，就像长夜里没有尽头的私语诉说。我懂得了什么是人世的忧伤，一种平静的、本质的忧伤。

哀牢山中的镇沅县，据统计有苦聪人15200多人，约占云南全省苦聪人总数的一半。由于重山密林的隔阻，他们"以叶构棚""环火而眠"，直到20世纪五六十年代，苦聪人还被人们视为"野人"。

在山中，我们访问过一户过上新生活的苦聪人家，主人是一对中年夫妇，对于我们的冒昧到访，他们显得很腼腆，但随即拿出的整篮的青红间杂的李子、整碗的红皮花生仁，以及热热的茶，又显示出他们待客的真诚和极大的热情。告别时候已近暮色，在他们家门前高高的坡地上，这对夫妇不舍地向我们招手——西天是浓卷的晚云，因为逆光，他们的脸都已看不清楚，清楚的只是两帧黑黝黝的招手的剪影。我拍下了这张印象深刻的暮色照片。

是的，暮色，哀牢山中的那些暮色和夜晚，尤其让人难忘。

恩乐，新县城的所在地，似乎到处都是瀑布般的三角梅，我喜爱的绿叶红花的三角梅。傍晚，四周群山的清新之气，一刻不

苦聪人家

停地往这个平整的谷地倾泻，每一幢建筑，每一个人，都沐浴在清新而又磅礴的山气之中。新识的朋友，燃起来的古老篝火；不管是熟悉还是陌生，深夜火焰映照的脸，都是发烫的酡红。

三章田，奇异而又美好的地名！三章——田，这是蕴涵丰富的自然的书籍。"老皮饭店"的晚餐，在凌空架起的发黑的木头房间内进行，探向窗口的，是整树尚未成熟的青涩芒果。而者干河，那急流的山溪，正穿越在木头房子的下面。我无法忘怀三章田黄昏的街边，那绽放的寂寞缅桂——花朵之香，是我认为的全世界最为极致的香；花朵之白，是我认为的全世界最为纯洁的白。暗下来的天色，掩不住干河滩上大片裸露卵石的斑斓花纹。漆黑的山影。急流的水声。坐着的人。极亮极绿的，是乱舞的萤火虫。繁复纷纭的世界，此刻得到简化，简化为眼前的山影、水声、绿亮的萤火虫的光和三两夜坐的人。深夜的山中小酒铺内，依然有人在饮酒打牌。呈现坡度的山街上，朝向旅店行走的脚步声，是夜的清晰心跳。

还有九甲。白天杂闹赶集的乡亲已经散空，那个我曾注视过的、往中巴车顶堆放整捆芭蕉的妇女身影也不复存在。夜雨中的"杀戏"表演。密密的撑伞的老幼观众。教我"跳歌"的人。拉二胡的老者，以及喜欢提问的小女孩。陷在低处的烧烤店。瓶上积有灰尘的啤酒。云和月亮——因为是在高原，所以在午夜的未眠人看来，云在人的底下，而月亮，则与我的心脏如此接近。

县城：雨、声

深冬，中国东部丘陵之间，盛产深绿茶园和不规则湖水的这个县的县城，此刻，正被热烈纯白的雨线缠绕、胡乱捆绑。

县城雨水盛大，好像县境之内所有溪、湖的水，都被一条地方上的神龙抽汲，然后它携水腾跃过来，停在云头，持续地喷洒下来。长途汽车进站了。从车上下来，即使是以最快速度撑伞，人的颈间、头发、前额、鼻尖，也肯定会被冰凉的雨滴光顾。这里的雨滴完全异于钢筋城市的酸雨，这里的雨滴，是童年的、陌生的，清新而冰凉，非常明显地含了生长着的茶树、茶叶的青和甘。击中于额前的一滴，便立即洗去数小时车厢时光带给人的疲乏和沉闷。在县城的雨中，你欣喜地彻底醒来。

雨水的县城，充满如煮如沸震耳欲聋的商业电声。因为是新年第一天，虽然雨密，街上仍是挡不住的热闹。所有的店铺，都使劲扩张着嘴巴——店门都是洞开的，竭力热情招徕着每一个顾客。但门毕竟无声，真正的声源来自几乎每家店门口都摆置着的硕大喇叭，黑的或者红的，长的或者扁的，吊挂着的或者放在地面的，都在竭尽全力地比赛谁的嗓门刺耳——似乎哪只喇叭的音量分贝最高，谁今天的生意就会最为兴隆一样。

百货商店门口的喇叭。旧楼的百货商店门口（悬系有数十条广告彩带），用铁的支架和木板搭起了类似过去乡村演剧用的舞台，上方覆了雨布。空旷的"舞台"中间，层层叠叠堆满了大大小小的电视机。每台电视机上，都贴有一张已经湿湿的红纸——优惠价格标签。

羽绒服服装店门口的喇叭。狭长的店堂地面上，全是杂沓的泥泞。不锈钢管的长长衣架，挂满了臃肿的彩色羽绒服。一个脚穿黑胶雨靴，没有脱下绿雨披的爷爷辈老人，在一张大红羽绒服明星的招贴画旁，正为一个羞涩的小女孩试衣服。

鞋店门口的喇叭。纯黑色的喇叭。低音部位动力强劲。

巷口自行车商店门口的喇叭。三只。它们被满屋散发铁腥味的发亮自行车挤到了店外。它们的身上盖有已经积有雨水的白色塑料薄膜。

幽暗烟酒店的喇叭。小的，落满灰尘的，摆在玻璃柜台上面棒棒糖一侧。

保暖内衣裤专营店的喇叭。

音像制品店的喇叭。

蛋糕作坊的喇叭。

戒指项链店的喇叭。

网吧的喇叭。

小吃店的喇叭。

邮政储蓄所隔壁书刊经营部的喇叭。

…………

盈溢的声波，在新年的窄街和比街更窄的巷中汹涌。所有喇叭的音量都开至最大。最新流行歌曲的男声和女音。尖厉钻耳或低沉震胸。

雨仍在持续。来自深绿茶园和不规则湖水的雨，浸透县城。

因为这雨，我所置身的这座正午县城，虽然喧杂沸腾，但仍然，有着原始的、农业的，一种清新。

呼兰

出生于中国的东北角，活了三十一岁的一位女性：萧红（1911—1942）。

在她生命的最后 11 年，这位女性，沿着中国版图的陆地东缘，做着自由落体运动——

呼兰。"九岁时，母亲死去。父亲也就更变了样，偶然打碎了一只杯子，他就要骂到使人发抖的程度。""二十岁那年，我就逃出了父亲的家庭。"

哈尔滨。

北平。

哈尔滨。

北平。

哈尔滨。与汪姓男子同居于东兴顺旅馆半年多。怀孕待产，欠旅馆住宿费600余元，被汪遗弃。旅馆老板欲将其卖入妓院。秋，哈尔滨发大水，在萧军帮助下逃出旅馆。生一女孩，因没钱，将孩子抵押交费，匆匆离开医院。与萧军同居。

青岛。辗转大连再乘船到达青岛。写作。

上海。见鲁迅。

日本。与萧军在生活和感情上发生矛盾。去日本。

上海。

北平。还是因为感情，只身前往北平，欲借此排遣苦闷。

上海。

武汉。"八一三"上海抗日战争爆发。撤退武汉。与萧军感情矛盾加剧。

临汾。应李公朴邀，前往山西临汾"民族革命大学"任教。日军欲犯临汾。萧军在临汾车站送别萧红，结束他们长达6年的患难夫妻生活。

运城。

西安。正式向萧军提出"永久分手"。萧军同意，"两萧"正式离异。

武汉。同端木蕻良结婚。

重庆。战乱。日军轰炸武汉。船票紧张，端木蕻良先行撤退入川。后走兼又怀孕待产的萧红，在宜昌码头被绳索绊倒。流产。

香港。重庆遭遇大轰炸，到香港。太平洋战争爆发，日军用重炮、飞机猛轰香港。病重。被庸医误诊为喉瘤，喉管开刀，伤口迟迟不封，痛苦万分。最后确诊为肺结核和恶性气管扩张，已回天乏力。临终遗笔："……身先死，不甘，不甘。"

——柔弱的女性身体，在自由落体的短暂过程中，与人事、情感，以及动荡不居的大时代急剧摩擦，诞生出中国现代文学史上颗颗珍珠般的倔强火星：

《生死场》（中篇小说，上海容光书局，1935）；

《商市街》（散文集，文化生活出版社，1936）；

《旷野的呼喊》（短篇小说集，上海杂志公司，1940）；

《萧红散文》（散文集，大时代书局，1940）；

《回忆鲁迅先生》（散文集，生活书店，1940）；

《呼兰河传》（长篇小说，河山出版社，1941）；

《马伯乐》（长篇小说，大时代书局，1941）。

此刻，就在手头的一本书，是萧红两部著名小说的合并：《生死场·呼兰河传》，系"萧红文化节丛书"之一，哈尔滨出版社1993年9月出版。书的空白扉页上，盖有一个特别的红章：一所矮小的平房，房后是一本大大的打开的书，书上印着"萧红故居购书纪念"八个大字。

我又想起在呼兰，那个阳光强烈的盛夏。故居门前的萧红雕塑坐像，一手安放膝上，一手的手背轻轻托着下颌，似在沉思，又似在凝视。因这白色的雕像，奇异地，盛夏的故居周围如此清凉。

受尽煎熬的女儿，回归了宁静故乡。

惊叹

　　武夷山脉西麓。深秋。一座又一座的古老县城，妥藏于大山的褶皱间。从某一座县城的客运站乘中巴车出来，放眼，便是起伏丘陵上的如海橘林。丘陵，是赤红的山壤；橘林，是翠绿的枝叶，是点缀其间的金色橘果。难抑心中涌起的惊叹：大自然是多么神奇！赤红的山壤（红！）孕育并喷吐了翠绿枝叶（绿！）；而貌似干瘠的土地，则竟能诞生如此汁甜液美的累累果实。

　　红丘陵，翠绿树，以及其间无法数清的、如婴儿拳头状的金色蜜橘——我热爱旅程中的这种画面。我明白，这就是我所理解的中国南方的浓郁，一种最为简洁、最富有人性力量的——浓郁。

阴
野

　　暮色时分，我们无意中进入一座山间田野里的村庄。村口石桥旁突然显现的这株数百年的老桂，令我肃然而惊。桂树的枝叶深绿、浓密，像古代遗存在此刻空间的一个漫漶不清的巨大墨字。墨迹斑斑，只在某些枝叶空隙处，透漏过丝缕光亮。阴！野！山地间聚结已久的阴郁与寂野之气，在这株有着怪异的勃勃生机的桂树身上，强烈散发开来。

　　树的近侧，石木结构的昔年华屋已经颓败。村巷中随处可见房屋的残骸——那些已经裸露在天光中的梁、柱，以及近于腐朽的酥松砖块。整座村庄少有人迹，只偶尔有一两个孩子鲜黄鲜红的身影，在满布苔痕的迷宫般的苍黑巷角处，一闪而过。

　　树，我目睹到的，是它比建筑和村庄更为久远的生命力！

　　深色的桂树恣意生长。在我的视听里，分明感觉到整座村庄的生命液体，正竭尽全力地输送于它，然后，化作了眼前墨迹般浓密、深绿的团团枝叶。

一座接近死亡的村庄。一株恣意生长的树。

我站着，近距离凝视它。有着怪异的勃勃生机的这株阴野桂树，在废墟般的暮色村庄，给了我，关于恐惧的提醒。

巨印

在浙江乐清，在中国东部这小块特定的滨海区域，我见识了两重世界。

第一夜。我首先是顺着盘旋复杂的高速公路到达乐清城，又一拥挤着的人类聚居地。进入它的内部，扑朔发烫的纷繁视像撞击我的耳目观感，正如居住于此城的作家马叙所记："一座杂乱而模糊的城市。海潮、台风、商品、湿气。生猛海鲜在酒店里游荡。忙碌与懒散交缠。风险与利益共生。杂乱而鲜活。城管永远管不好街道……这里只是一如既往地灯红酒绿，乱车塞街，骂声有如激昂的诗朗诵。这个小城犹如一辆已经改装的新车，挂件杂乱，发动机怒吼，车速加快，尾管噼啪，乘客兴奋莫名。"杂乱不齐的房屋丛中，一幢新落成的五星级酒店大厦，它的睥睨不群的整堵高墙上，被写满祝贺开张的条条鲜红布幔全部覆满。入夜，尖锐不熄的灯火和陈旧的黑暗再次共同发酵。深陷的燥热和寂静的疯狂。因为这人类制造的燥热和疯狂的肆意重量，感觉身下的土地，正在倾斜。此处一切的人、物，似乎正在某种热力的煎熬中，慢慢滑向就在边侧的大海。

然而，仅仅就在西南方向十公里，几乎与乐清城比邻而居的，即为完全不同的另一重世界。这里是古今同一、散发自然磅礴清气的"山水窟"。此一群峰、巨岩、飞瀑、流泉和青绿植物的集聚之地，它的正式名称是：中雁荡山。

在乐清的第二夜和第三夜，就宿于中雁荡山中的白石湖畔。两日两夜，身心，享受着原始山水之气的沐浴和浇灌。

因为受北雁荡山盛名的遮蔽，乐清中雁荡山养在深闺而人未尽识。中雁荡山，也是温州古人类的发祥地之一，历史悠久，人文渊深。中雁荡山古称"白石山"，因该山石质莹白而名；唐时又有"五色山""仙源"之称；中雁荡山的开山祖是宋代的李少和真人，宋时又称此山为"白石岩""道士岩"，或雅称"玉甑峰"。

千百年来，山形依然，泉流未改。绿意葱茏的山中两日，我到过中雁荡山的西漈、东漈和玉甑三个区域。西漈之美，在于它的结构：自东向西，八折瀑起笔遒劲，足称"凤头"；西龙街至浴牛潭一段，神气饱满，是为"猪肚"；而眼看山穷水尽之际，却又峰回路转，一个桃花源般的石门胜境突置眼前，令人惊叹这"豹尾"之绝。东漈让人难忘的是梅雨潭，潭上瀑飞闪银，瀑下一泓凝碧，置身其间，宛如仙境。

中雁荡山最震撼人心的，当推玉甑主峰。它四面凌虚，削壁千仞，挂地擎天。在中雁荡山，玉甑是群峰的领袖，众山的君王。身临巨岩的顶上，足可目空一切。俯视东北方那晚住过的乐清城，一切如蚁如芥，突然间就催促着醒悟：人类为所谓利益而日夜不息的营营，原来如此可笑。由玉甑率领的山谷云水，在中国东部的这块滨海区域，无言却稳固地，维持了一种珍贵的平衡。

云气之中的中雁荡山玉甑，犹如一枚巨大的镇压之印。它秘不示人的印文内容，我猜，应该是这样两个简洁而又能量甚深的汉字：清凉。

银
生
城

在中国版图的西南角，无量和哀牢这两座雄浑的山脉，自西北向东南，沿着澜沧江和礼社江—元江的流势，像一公一母两条苍翠沉郁的巨龙，细心夹护着藏身其中的一座山间古城：银生。银生城，唐初南诏国"银生节度"府治所在地。在彼时南诏国七个节度中，银生节度是疆域最广阔的节度，它的辖区，包括现在临沧大部，普洱、西双版纳全部，以及泰国景迈、老挝丰沙里、越南莱州、缅甸景栋等地。按照今天行政区划的说法，银生城，就是云南省景东彝族自治县的县城所在地。景东相当遥远。从昆明出发前往这座古城，首先是一直向西，沿楚（楚雄）大（大理）高速公路奔驰；在不到大理的祥云县下高速，折而向南驶上祥云到临沧的国道（我们去时，这群山间蜿蜒的国道正在重修，又逢雨天，道路坎坷泥泞）；在祥临公路上穿过属于大理的弥渡县和南涧县，然后离开国道，转向东南方可以抵达景东的狭窄省道。眼前的重重翠绿山峰，像叠得严实的层层包裹，早晨离开昆明，到黄昏时分，不知解开了多少层这样的翠绿包裹。终于，如变魔术一般，转过又一个山峰，银生，这座唐朝就有的山间古城，便突然呈现在眼前的坝子里。

"银生"，多么令人喜欢的两个汉字！银，生，在夜晚念出这两个汉字的读音，视线里总会幻化出彝族服饰上细致银饰的微小闪耀。这是倾斜的县城。整座城，就建在无量山脉东麓的坡地上。各色房屋层层叠叠，从高处向低处，有无数条通道，像河流一样泻下去的街巷通道。在这样的街巷走下去的时候，你会一路遭遇音像店、服装店、县政府、汽车站、药店、医院、烧烤店、饭店、茶叶店、美容店、网吧、娱乐城、米线店、杂货店、红布棚子的漫长摊位，以及宽窄不一的横向街道，最后到达有着高高堤坝的川河边上（我更喜欢川河古老的名字：银江），而川河的对岸，则又是慢慢向上升拔、连绵起伏的哀牢山脉。从表面看，此城似乎已经看不出任何古老的影子，就像那天黄昏解开所有的群山包裹最终发现景东一样，满眼是紫红的叶子花（三角梅），是被雨水洗亮的街道，是虽不高大但十分整洁的沿街楼屋，是散布各处的可爱的城中小广场，心里除了惊讶、赞叹，总免不了随带着疑问和遗憾：传说中的唐朝古城，如今安在？

这种疑问和遗憾，在随后的夜晚里逐渐消解。黑暗中的"人民会堂"是古城内令我印象深刻的地方。是它，首先将我拉回到切近的过去时光。这幢据说是 20 世纪 50 年代的公共建筑，位于城的高处。会堂门楣上一颗已被时光磨旧的五角星，让我想到自己和这个时代的童年。内部的空间，是密密的长排硬木椅子，是挤满的、灼热呼吸着的、沾带青茶味道的当地乡亲。我舒服地置身其间。舞台上方，因为灯光和色彩的缘故，像一块幻彩的方糖。在糖的虚幻的空间里，民族味道浓郁的繁复彩装者在歌唱或移动。这非是为着商业或旅游的恶俗表演，而是地方内部的自足自醉。我挤出去寻找厕所的时候，发觉就连这幢建筑背后的空旷黑暗，也是过去的、古朴的。因为正在举办"银生古城首届普洱茶原料交易会"，而且景东本地就有生产焰火的集体，所以，我还见识过夜晚古城的焰火。各种色彩，极尽变化，高低参差，非常庞大，一支焰火的时间是瞬息短暂的，但由于是接连不断的，因此雨意的夜空中就有了持续的五彩火焰。这种夜空中的火焰，我以为是"银生城界诸山"花的狂欢与集会，红色、紫色、黄色、银色、青色、蓝色、绿色，有的是玉兰，有的是山茶，有的是百合，有的是兰花，有的是杜鹃，有的是龙胆，有的是绿绒蒿，有的是报春花，总之，我所仰头看到的，是从古至今春夏秋冬无量山和哀牢山所有花的灵魂在此刻夜空中的狂欢与集会。焰火之后，人们开始在尚有积雨的草地上跳歌。因为加了汽油而愈加炽烈的三堆木柴篝火，在草地中央燃烧起来，手拉手肩碰肩随着笙和三弦的节奏快速转圈的跳歌者的脸，都被篝火和内心单纯的欢乐映成酒醉般的红。这是无量山和哀牢山间的峡谷之城，这是云贵高原之上的永恒深夜。这样的深夜，是我正在沐浴的深夜，而这座古城明代的深夜、宋代的深夜、唐代的深夜，又何尝不是这样的深夜？

银生之古在白昼最集中的体现，是城中文庙。这遥远西南边陲重重大山间的古老文庙，给我以相当的震撼。虽然与北方中原文化中心山水相隔，但银生并非"蛮夷之地"，目睹眼前气息高古的文庙，我不禁为中国文化强劲的渗透之力而深深感动。李泽厚曾言，儒学"是有关中国文化的某种'心魂'所在"（《论语今读》，李泽厚著，安徽文艺出版社1998年版，第3页），信然。古木参天的银生文庙，前迎哀牢，后枕无量，以东西纵向建筑为主，是中轴对称的沿山坡逐渐向上抬升的台阶式庭院群，具体由照壁、泮池、泗水牌坊、魁星阁、钟鼓楼、棂星门、大成门、天子台和大成殿组成。这样的文庙建筑形制，各地基本相类，而银生文庙独特的、深深浸染我的，是它充盈于其中的气息——异常高古的气息。我总是偏执地用气息的有无，来判断某一地方的高低深浅。譬如许多现时代新兴的大学，占地广阔，楼宇气派，但一旦走入，就会发现它是空洞的、痴呆的，充其量是一具刷满好看油彩的木偶。为什么如此？它没有气息！而在银生文庙，尚未进门，就感觉进入了它的劲力十足的古老气场，那种拂面而来的夹杂山中清味的人文之气，真的是真切可感的。文庙内部，有两处镜头无法忘怀。一是激荡的无量山泉水，借文庙中的一条石质沟渠汹涌而过，古朴凝重的建筑，年轻激荡的泉水，是否正寓示着中国传统文化生命力的不竭与常新？另一难忘的是庙中的一块牌匾，题曰"斯文在兹"。此匾和我在江西铅山鹅湖书院中所见之匾内容如一。偏僻的山野之中，斯文在兹，这是何等的动人，何等的气度！银生古城，因为巍然于城中高处的此一文庙的存在，让人感受到它的血脉和根基，它的目力和胸襟，它的不言的骄傲和沉默的威仪。

我品尝过银生的雨。文井的雨变幻而神秘，像银白的轻纱，撩起它们，就显现出大片异域风格的赭红色土林。雨中茶园和川河边的绿色平畴上，缓飞的白鹭，像满版的青绿文章中数点白色的逗号或句号。我忘不了文井那个被雨丝和花叶遮掩的乡村餐馆。系着红绸的铜质长号和大号，用食指和中指将树叶按在唇边吹奏的彝女，似长蛇一般排列的宴席旁的人群，这些之外，安定彝乡的雨是寂寞的。清新恬淡的雨在城中旅馆的窗外。无量在旅馆的西边，哀牢在旅馆的东边，清新恬淡的雨，将视线里山的姿影润饰得无比秀美。只有那晚农贸市场烧烤摊旁的雨，热烈而响亮。大家因为磅礴的大雨而逃躲着聚在一起，熟悉的脸，陌生的脸，明灭的炭火弥漫过来的热浪，碰撞的酒，烤熟的食物的刺鼻香气，雨使所有的这些混杂一起，酿成今天的记忆。

我也承受过照耀银生的阳光。"被太阳烤红的土地"，银生诗人的描述。不过，他的落脚点是土地，而我关注的则是太阳。在海拔两千多米的黄草岭，让我记住的就是太阳，明晃耀眼的太阳在岭上特别灼烈。坐于露天，不要说短发里的头皮和裸露的手臂顷刻间被晒得发痛，就是被裤子包裹的腿部肌肤，只一会儿，就也感受到阳光穿透后的锐利热力。眯着眼费劲向上看去，头顶太阳的周围，奇异地有着一圈如彩虹的光晕。在阳光晃耀的山中世界里，白、绿、红、蓝的单纯色彩对比强烈：白，是白云，纯白浓厚的白云，集团军式地翻涌、堆卷于深切峡谷或山顶的背后；绿，是漫山遍谷的森林；红，则是想象中的燃烧太阳（因为无法直视）和被万古森林覆盖的赤红土壤；而蓝，就是阳光晃漾之上的天空了，如刚刚擦洗过的大海一般的湛蓝天空。

"茶出银生"，这是古城人骄傲的广告词。茶者，南方之嘉木；银生，就盛产此种南方嘉木。银生古城历史上便是有名的云南茶都，是普洱茶的重要原料地。"茶出银生"这句骄傲的广告词，源出唐朝人樊绰所著《蛮书》："茶，出银生城界诸山，散收无采造法。蒙舍蛮以椒、姜、桂和烹而饮之。"银生不仅产茶，而且是历史最悠久的西北路至西藏的茶马古道的重要一站。此条茶马古道，自普洱出发，经景谷后即到景东（银生），然后越弥渡、大理、丽江、中甸、德钦，直至西藏，由西藏再可转达缅甸、印度、尼泊尔。在银生的数日，耳目鼻舌，感官所触，尽皆是茶。日日所饮的，或散茶或紧压茶，或未经发酵的生茶或已经发酵的熟茶。此处的茶，雄浑劲厚如男子，完全异于江南龙井、碧螺春或阳羡雪芽的甘秀清雅。而且，这方地域的采茶法、饮茶法也自有独特的一套。这些，在当地作家的文字中均有着详尽记述。

此地古老的采茶法："居住在无量山腰，靠近原始森林的村庄的农户，至今仍沿袭着一种爬树采茶或砍枝采茶的古老的采茶习惯。他们在悬崖峭壁中行走如飞，能爬上粗大直立的茶树采摘茶叶……他们的子孙，一代一代地记传着森林中的茶树和密林中的巴掌小道，沿袭着父辈的采茶习惯。每当阳春3月，春茶萌发的季节，天刚蒙蒙亮，他们就吃好了早饭，带上饭团和腌菜、豆酱，腰上系上刀架，别上大刀，拿上麻袋就出发了。当他们到达野茶树下时，先看一看茶树芽尖发得怎么样，如芽尖太短，影响采摘的产量，就暂时不摘；如遇到适宜采摘的茶树就攀上树梢，用大刀砍下小枝，砍完小枝后，在地上采摘。如树大枝多的野茶树，一户人家，一天也只能摘上3～5株。"（《景东——茶的发源地》，周正清著）

祭茶

此地传统的饮茶法："最有魅力的喝茶方式，是用一个小陶罐先在火上烤热，然后装入茶叶继续煎烤，其间必须不停地抖动陶罐使茶叶均匀受热，待煎到略有'糊香'味时，倒入滚烫的开水，趁其沸腾漫出口外之际，'噗'的一声，一口将其泡沫吹尽，然后放在火塘边用文火煮上几分钟，将茶汁倒入三至四个小茶杯，再往茶杯中倒入适量开水，即可食用。这种方法烤煮出来的茶水，入口香醇、回味无穷。再差劲的茶叶，经这样一烤一煮，也能产生上乘的口味。即便是从来不喝茶的人，只要喝上三五次，就能使你'上瘾'，犹如痴迷于恋人一般欲罢不能。"（《感慨万千话茶叶》，罗意著）

此外，这里的茶还直接承担着药用功能："最初喝茶记忆是把茶当药。当腹泻的时候，父辈就会抓一小把珍贵的糯米先烤到黄带糊，然后再把茶放入一起烤，边烤边抖动茶罐使之均匀到些许糊为止，然后冲入开水，使之沸腾。入碗，一碗汤色糊黄，还有淡黄带黑的米粒漂荡的药就算制作成功。既是药就一定得服，稍凉后喝下去，肚子的翻江倒海就基本能被这碗被称作糊米茶的良药镇住了。在那缺医少药的山村，茶的药用价值往往在此才被凸现出来。"（《茶事春秋》，李鸿湖著）

山中一周，我已经认识这座古城的如下居住者。

杨中兴：我的同龄人，他不经意间流露出的爱子之情之举，让人感受到"父爱"这一词语的真切含义。

孔广群：一位敬业且幸福感洋溢的女性，儿子大学毕业后在昆明当公务员。我们曾经同车，她向我介绍，当地粗壮高大的竹子是苦竹，细而相对低矮的竹子是甜竹；竹叶新发之时，就是雨季到来之候——我所学到的珍贵的植物学和气象学知识。

周德翰：老家在无量山西部的小村，他童年的额头，肯定被寂寞的澜沧江江水映亮过。

王敬、王云兄妹：一对人人由衷赞叹和尊重的兄妹。

戴娟：我在文井土林前泥泞的山路和遍坡的碧绿茶园听到过她的动听歌声。

杨春霞：他们最后都叫她"阿霞"，彝族的彩色盛装在她身上有着奇异的妥帖。

刘亚：工作单位是团县委，在"冯德兴饭店"栽满南国植物的露天庭院里，我们豪爽地碰杯，喝下白酒。

阮静：很"静"的傣族少女。

邓朝山：县城里的外科医生、诗人，喝醉酒后的鼾声孔武有力。

袁赛飞：老家江苏，大学毕业于上海，然后到此的青年志愿者。一位充满激情和梦想的有为青年。

刘玉洪：长年置身于哀牢山上的科学家，一位值得尊敬的长者，他的工作单位是中国科学院西双版纳热带植物园哀牢山亚热带森林生态系统研究站。

杨回：他告诉过我，在"雅虎"网站上可以搜索到"景东"

的较详资讯。

姚灿梅：一位练达和智慧的朋友。

张新强：网吧偶遇的当地青年。

卢丕铧：在旅馆房间里，他送我他的诗文集《人生之旅》。

罗凯鸿：景东老仓福德茶厂副董事长，年轻或年青一代的企业家。

陶明贵：已然淡定的中年人，在夜晚川河边上的烧烤摊头我们有过交流。

王艳："采茶姑娘没有纤纤玉指／白皙脸庞／没有高贵表情／漂亮衣着／勤劳是她们的高贵表情／微笑是漂亮衣衫"（《银生文化》，2007 年第 2 期），读到这样的诗句，似乎早已相识。

湘
江

　　在我个人秘密的阅读谱系中，湘江是我用笔着重描出的一
条中国文学之江。湘江，首先是屈原（约前340—前278）的。
"帝子降兮北渚，目眇眇兮愁予。袅袅兮秋风，洞庭波兮木叶
下。"屈原在《湘夫人》中所写的这位湘水女神，我以为是中国
文学自源头至今最为含蓄内敛、最为楚楚动人、最富于东方女
性特征的女性形象。人、境交融，点睛数言而尽得风流。湘江
其次是柳宗元（773—819）的。公元805年，三十三岁的柳宗
元被贬湖南永州，由此开始他的10年湘江生涯。在柳宗元的湘
江诗篇中，我最喜欢的，并不是那首人人尽知的《江雪》，而
是他的《渔翁》："渔翁夜傍西岩宿，晓汲清湘燃楚竹。烟销日
出不见人，欸乃一声山水绿。回看天际下中流，岩上无心云相
逐。"在中国古典文学中，此首《渔翁》是我最为热爱的诗篇之

一。我觉得，汉语独有的魅力和表现力在此首诗里得到了淋漓尽致的展示，汉字的能指和所指在其中珠联璧合，画面逼真又境在辞外。这些，就是我在线装的书页中阅读到的湘江。

在永州，我所住的旅馆就在湘江边上。现在中国的城市似乎千篇一律，到处都是热气腾腾的现实尘嚣。永州旅馆的大门外面，就是凌空横跨湘江的一座水泥钢筋混凝土大桥，桥上往来于两岸的各色车辆呼啸拥挤；旅馆这边的嘈杂桥堍，还满是横七竖八的人车，这是自发形成的一个等车和拉人的临时短途汽车小站。巍然的桥身底下，有一大截仍是岸地。这片岸地上，是需要小心跳过的大团污水，是被掏空一半的石灰池，是不知谁搭建的歪扭的两个旧灰窝棚；运建材的卡车还会不时摇摆着驶过身旁，巨大的轮胎上沾满褐色的污泥和雪白的石灰。旅馆一侧与湘江平行的是街道和农贸集市。集市附近的所有墙壁上热闹异常，各色纸张、各种字体的手写信息层层叠叠贴满其上，大多数是有关房产交易的，比如有房一处，四楼，位于湘江边上，面积多少平方米，售价多少万，有诚意者请与某某联系，电话多少多少，等等。奇怪的是，置身于这样的现实之中，我的内心并未生起相应的烦躁与晕热。为什么？随即，我就懂了，是湘江，是近在咫尺的湘江，降低了周围这繁杂事物的热度，源源不断地给予这方地域以珍贵的清凉。

是的，湘江虽然已经不复如古代文献中的记述："湘水至清，虽深五六丈，见底。"（《太平御览》卷六十五，引《湘中记》）但是，从我在永州旅馆的窗口俯望，这条源出广西东北海洋山，纵贯湖南东部的著名大江，在今天，仍然是一笔让我亲切的、长长斜斜的中国墨线书法——说它如书法墨线，并不是言其黑（江色实际是透明的青蓝），而是在于它的生动，在于它依然夹杂浓郁草木味道的横溢清气。

湘江，在我随身携带的笔记本上，留下众多深浅水迹的印记。我记住某个有寂寞青砖房的荒凉码头。我记住在湘水和潇水合流处的船上，看永州古城渐渐浸入黄昏时的一刻怅惘。我记住当地朋友发生在湘江边的动人初恋故事。我记住在潇湘之水上的一个瞬间联想：沈从文先生的小说篇名《萧萧》。我记住湘水和湘鱼的味道。我记住晨光中沿江奔跑的一个少年的身影。我记住柳子庙前那依然盛满唐朝气息的古老街区。我记住深夜江水之上稀疏的楚地星空。我记住一个人唱的一首歌。我记住同行的朋友在湘江边诉说的文学理想：他要凭借心中活跃的一整座县城，写出中国的风云……

有关湘江，我记忆最为深刻，也是特意留待最后说出的，是杜甫（712—770）。公元 8 世纪的一个寒冷冬天，这位痛苦、伟大的中国诗人，在湘江上的一条破舟中死去。他那浸润着湘水写就的诗篇，令人涕下：

五十白头翁，南北逃世难。

疏布缠枯骨，奔走苦不暖。

已衰病方入，四海一涂炭。

乾坤万里内，莫见容身畔。

妻孥复随我，回首共悲叹。

故国莽丘墟，邻里各分散。

归路从此迷，涕尽湘江岸。

——杜甫《逃难》

黄鹤楼

楚天。大江。神鸟聚建的金黄入云楼阁。

历史的昼夜间，我熟悉的他们的身影，次第在此登临——

孟浩然，登临；

崔颢，登临；

王维，登临；

李白，登临；

顾况，登临；

贾岛，登临；

白居易，登临；

刘禹锡，登临；

杜牧，登临；

李商隐，登临；

苏轼，登临；

苏辙，登临；

黄庭坚，登临；

岳飞，登临；

王十朋，登临；

陆游，登临；

范成大，登临；

辛弃疾，登临；

姜夔，登临；

张孝祥，登临；

戴复古，登临；

岳珂，登临；

吴文英，登临；

文天祥，登临；

萨都剌，登临；

揭傒斯，登临；

沈周，登临；

李梦阳，登临；

杨慎，登临；

李时珍，登临；

王世贞，登临；

袁宏道，登临；

袁中道，登临；

张献忠，登临；

李渔，登临；

朱彝尊，登临；

石涛，登临；

孔尚任，登临；

沈德潜，登临；

袁枚，登临；

赵翼，登临；

钱大昕，登临；

姚鼐，登临；

洪亮吉，登临；

黄景仁，登临；

林则徐，登临；

魏源，登临；

张之洞，登临；

黄遵宪，登临；

八指头陀，登临；

…………

深春。微雨。一个自东方海边溯江而至的后来者，也正
上楼。

气吞云梦，帘卷乾坤。

楼中游人，纷沓如潮。

而在心中，此时此刻的我，

只是一个人的脚步，一个人的目光……

最
深
浓
的
人
世

连绵挨靠的所有歪斜木楼，都呈现岁月的褐黑。虚幻的褐黑。现实的褐黑。木楼所夹的曲折长街，像酣睡不醒的梦（梦中是经年的雨渍，是晨昏，是泪笑，是棺木与产床上的永恒死生），但是，又分明从未停息过它的蠕动、呼吸。

秀峰画室。字画装裱。电话：6839095。来雅鞋铺。黑色隶书的幌子。卸下并散靠的旧门板，某一块上，是白、红、绿三色的"燕京啤酒"广告招贴画。瘪了一半、顶部积灰的红灯笼。巷口的水泥电线杆。亏本出售。卸下的旧门板上有墨书的"1""2""7"编号。文具和玩具店。充气的鲜黄夺目的塑料小老虎。戴黑皮手套的弓背老人，垂下眼帘步行。他的灰白的胡须上有清冷的丝缕涕痕。

连续的陈年残破的红灯笼。红灯笼，在近乎朽坏的檐下；红灯笼，在墨字书法的店旁。满眼电线。走街串巷、穿门入户、纵横拉扯的各色电线，布满头顶狭窄的天空。一面褐黑的木头墙壁上，吊着孤零零的一块圆镜子。祛邪。印刷品门市部。承印：便笺、信封、表格、文件行头、各类账本、会计凭证等办公用品。店联：×中藏画图，妙手着成真。横批：物华天宝。横批上面是黑漆金字的木匾，中书"世良"二大字，两头小字分别是：祖传工艺，雕刻神像。一条已经看不清漆色，但依然栩栩如生的木头大鱼同时挂在门口，肥厚的鱼身上雕出金字：张启华雕刻……

面街的局促店堂内是脏污的红塑料脸盆，是满地新鲜或陈旧的木屑刨花，是墨笔，是电刨，是各种凿刀，是卷尺，是散滚的断木，是电线插座，是靠背竹椅，是踏扁的烟壳；在这些中间，躺卧着一尊半是木头，但已经雕凿出丰满慈祥脸部的佛像，佛像长耳安垂，气象雍容。木头佛像靠近的墙脚，有脱落的月历画，画的底部有字："东西南北中，好酒在张弓。河南张弓酿酒厂祝广大消费者……"

金银加工。阿华皮具：钱包、手机套、石英钟等。电话：13656934655。紫罗兰发型设计。染发。面膜。头发拉直。

×光门市部。建设商店。南门沈林秀卫生所。风湿骨痛病针疗科。妇产儿内、骨质增生、肩颈腰痛、风湿诸病。古郡茶行。台湾参茶。安溪铁观音。

手推的板车，有篷的三轮车，骑摩托车的，骑自行车的，步行的。积灰的红灯笼像陈年的黯淡火球。檐下竹竿上晾着衣裳、裤子、短裤、袜子、乳罩。花圈店。用竹、纸扎好以供焚烧祭奠死者的"房子"和各种世俗生活"用具"。羊毛衫店。店门口摆放着穿红羊毛衫、白羊毛衫、蓝羊毛衫的无生命模特。诚聘。好消息。财源广进。寻人启事。海王酒。古旧的放香烟的木匣子。珠绣：6824609。

订蒸豆腐圆。古郡饭店。泡猪腰、猪肝。夹心肉煮粉干。水饺。扁肉。清炖猪心、猪舌。氽猪肉、氽大肠、氽牛肉。

空荡的剃头店。也许因为没有生意已不见剃头师傅的身影。长阔的门楣上是泛白的对联横批："意得风春"，是古法的从右往左写法；而对联则仅剩"笛奏"二字。泥砖地的店堂内有一张老式的理发椅，前面墙上是一块长方形四边镶了木框的模糊镜子（模糊是因为年代久远的关系）。

马氏秘传：择日子，做流年。由此进：民主巷 21 号。电话：6730677。

姣好的脸。丑陋的脸。喜悦的脸。愁苦的脸。年轻的脸。衰老的脸。男的脸。女的脸。行走的脸。驻足的脸。油光的脸。晦暗的脸。漆成红色的巷口消防铁栓。成荣轩古币。皮鞋店：批发、零售、定做、修理。齐心婚礼影视制作中心。过街的遮阳布篷。批发卫生棉。价廉物美。大米门市部。批发零售。静云诊所。中年妇女的饮食店。白铁皮包裹的三只铁锅的炉灶。铁皮朝街一面有红字：余猪肉、余牛肉、余大肠、芋子饺、拌粉干、拌面、煎包。我品尝了余猪肉和芋子饺。"天缘画像"。"画"字巨大，黑色，其余三字红色。镜框中画出的黑白老者、黑白姑娘、黑白的旧年夫妇。褐黑门板上的对联依然鲜红，但大多已经破碎。美容美发，欢迎惠顾。室外的电表箱。本地段邮政编码：366300。戴眼镜的瘦弱中年男子在靠墙的缝纫机上正在聚精会神地进行他的缝补生意。板车上的肉墩头。妇女背上的婴孩睡着了，圆圆的头耷拉在一侧。公用电话：6837618。北京2008年奥运会食用油独家供应商：金龙鱼。旺仔牛奶、雪碧、鲜橙多、乐百氏酸奶、洗洁精、肥皂、醋、油、酒、洗衣粉、方便面、榨菜、卷纸、绵白糖、辣酱……街角的烟酒杂货店。

　　——"建设街"，或者叫"店头街"：中国东南边缘，福建省长汀县的一条老街，位于古老汀江岸边生满苔藓的城墙一侧。

　　这是我所见识过的，局部空间内最令我震惊、最深浓的人世！

秋浦歌

　　"白发三千丈，缘愁似个长。不知明镜里，何处得秋霜。"
（《秋浦歌·其十五》）热爱江东风物的李白（701—762），在
五十四岁左右游览皖南秋浦时所写下的十七首《秋浦歌》中，
"白发"和"愁"是其中的关键词。如："秋浦长似秋，萧条使
人愁。"（《秋浦歌·其一》）"秋浦猿夜愁，黄山堪白头。"（《秋
浦歌·其二》）"两鬓入秋浦，一朝飒已衰。猿声催白发，长
短尽成丝。"（《秋浦歌·其四》）"愁作秋浦客，强看秋浦花。"
（《秋浦歌·其六》）"君莫向秋浦，猿声碎客心。"（《秋浦
歌·其十》）然而，作为以儒家为正统的中国文化的一个异数，
李白的"白发"和"愁"，又完全不同于常人。他并不是在这
种悲愁情感中浅吟低唱、死去活来，相反，他是炫示式的，是
艺术的夸张式的，在我看来，甚至是略带甜蜜的享受式的——

李白在炫示"白发"和"愁"的同时，也在享受着这种又忧愁又甜蜜的情感。"白发三千丈"，何等豪逸，何等气局！在秋浦，李白所想象的白发，其长度甚至远远超过了"飞流直下三千尺"的庐山瀑布。在《秋浦歌》之外，李白所写的"君不见，高堂明镜悲白发，朝如青丝暮成雪"（《将进酒》），特征同一。李白此一精神基因，300余年后，在苏轼（1037—1101）身上得到了某种承继。

全长一百八十里许，向北流入长江的秋浦河，源出安徽省池州市石台县珂田乡。在池州汽车站乘上前往石台的班车，车到殷汇，就可以看见这条著名的秋浦河；而从殷汇到石台县城这一段公路，就一直与秋浦河结伴而行。"李太白往来江东，此州（指池州。——笔者注）所赋尤多。"陆游（1125—1210）在《入蜀记》中曾经这样感慨。确实，未见秋浦，只入池州，我就已经感受到自然当中弥布的中国文字的独特气象。秋天的收获刚过，沿途广阔稻田内火烧的黑痕，宛如遗留至今的古代墨迹；散落的不规则的池塘里，那些折断或仍挺的残荷，是残剩的古代文章；偶尔的古塔，像显现又隐去的野贤；而不断耀人眼目的、柿树间充实胀溢的红柿，则是累累线装书页间突出的朱笔句读。

文字是有力的，李白是霸道的。像宣城的敬亭山一样，池州的秋浦河，也已被这个唐朝诗人凭借着手中的汉字据为己有。视线里的秋浦河，绿光摇曳，倒映群山。但我觉得，如果再略去若干事物，这样几乎就能完全回到唐朝，回到李白时代的"秋浦河"：

略去两侧的公路；

略去山腰公路上不多往来的汽车，包括客车、卡车、轿车、机动三轮车；

略去农民出行时呼啸而过的摩托车；

略去正被脚手架围住、尚是半成品的红砖民宅；

略去水泥电杆；

略去凌空的电线；

略去近侧山峰上的手机信号塔；

略去自行车；

略去声响巨大喷吐青烟的拖拉机。

唯一需要增加的，似乎只是白猿。因为进入秋浦，我没有闻见白猿；而在李白当年，"秋浦多白猿，超腾若飞雪"（《秋浦歌·其五》）。

秋天暮色的秋浦河盛满古老的寂静。秋浦，在我的感受里，温暖中带有淡淡的悲凉。秋，某种程度上是代表了中国文学和中国哲学本质特征的季节，由温转凉，由秋到冬，由壮怀激烈的中年，就要慢慢滑入不愿诉说的人生暮年。

在属于李白的这条河流边无目的地漫走，整个山野间呈示的自然气息与景观，我相信仍然跟唐朝相差无几。秋浦河畔，常有大片杂乱的芦粟田，丛林一样散生的青黄芦粟，我知道，假如折断它们的茎秆，流露的汁水是甜蜜的。山坡上的茶园倾斜，那种倾斜的程度，让人想象，黎明时所有茶叶尖的露珠，会朝着底下那座小山村的黑瓦屋顶流泻成绿色的泉溪。我走过的一户人家，朝路一面的墙壁上，有这样的字："我户定于10月6日上午杀猪，欢迎到时购买。程小根。"又一户人家木门上的对联是：彩虹降临新宅院，霞光映照常福家。走向河边的脚步声响，惊起了绿草中非常优美的白鹭，一只，两只，三只……一共是六只。秋浦河的河床全是卵石。石滩上有两男一女三个孩子在低头仔细寻蟹。我在滩上坐下，身旁全是形状、色泽、花纹各异的石头。但所有这些石头一律浑圆——被水流磨掉的棱角哪里去了？写《秋浦歌》的李白哪里去了？恰似时光之流逝，不可追寻。

住宿的石台县城紧邻秋浦河，一座苍黛之色的多孔石桥，跨过河滩连起县城和河边山腰的公路。找好旅馆后曾在城内转了一圈。县城小而安宁，除了随处有卖野猕猴桃和糖炒野山栗的小摊，还遇到一个婚礼和一个葬礼。我特别注意到城内铁器店沿街摊放着的各种农具——铁器的靛青，是冷却的火焰之痕。这个镜头，很自然地使我联想起李白《秋浦歌》中著名的第十四首："炉火照天地，红星乱紫烟。赧郎明月夜，歌曲动寒川。"郭沫若在《李白与杜甫》中说："这首歌里，他在歌颂冶矿工人。歌颂冶矿工人的诗不仅在李白诗歌中是唯一的一首，在中国古代诗歌中恐怕也是唯一的一首吧？"此一判断可能是

秋浦石滩

武断了些，明代钱塘（杭州）诗人于谦（1398—1457）在《咏煤炭》中所说"凿开混沌得乌金，藏蓄阳和意最深"，应该是和煤矿工人有关吧？

夜晚的石台县城，空气中浮游秋浦河的湿润之气。城中心狭小的十字街头，摆满了青皮的甘蔗摊和红布半围、油烟腾腾的大排档。在这样的氛围中，一夜无梦。第二天的秋浦早餐是一副油条大饼——此处的油条大饼较之其他地方，明显是"特大号"的，显示着农业文明地域人的充沛强劲的食欲。一千两百多年前漫游秋浦的诗仙李白，和我一样，吃过这种"特大号"的油条大饼吗？

苏州日记

　　早上9点，和戴总到新锦江大酒店，接张良皋、吴狄、李玉祥一行到苏州。同去苏州的阿福已经到了。初次见面的张良皋先生是武汉华中科技大学的教授，建筑学专家，八十五岁的年纪却依然精神抖擞，他身体动过手术，昨晚的饭桌上，他笑称自己是"无胆英雄""胆大包天"，他豪指众人推让的一瓶白酒，言年轻时一个人喝都不够；随行的书卷气十足的小伙子吴狄，是张先生的助手，也是他"学生的学生"。玉祥兄此前由阿福介绍已经见过面。阿福和李玉祥的认识，则缘于花城出版社。阿福写安徽泾县的书，是花城出版社邀请玉祥兄拍的照片，不过这本泾县书文图完成之后，因种种原因，最后又换到了安徽教育出版社，目前尚未出来。而张良皋和李玉祥的相识，也是因为书：前几年由张先生撰文、玉祥兄摄影，他们曾合作过三联出版社著名的"乡土中国"系列之《武陵土家》一书。戴总当年独游鄂地之时，曾仔细研读过此书，并且和张先生通过电话，可谓神交已久。此次张先生由武汉到上海参加一个学术活动，玉祥兄也恰好在沪，于是戴总遂盛情邀请，张、李便结伴来到无锡。因前述种种因缘，这一聚会，自然是开心的、话题丰富的聚会。

一行人上得车后，便直赴苏州。长三角道路系统建设已初见成效，从无锡出城上沪宁高速，似乎是眨眼之间，就到苏州的绕城高速路口了。我们没有直接进城，而是按张先生的意愿，先到苏州城外的天平山和灵岩山，他要去那里求证一个汉字的写法。前辈学人有意思的地方总是很多，早年毕业于中央大学建筑系的张先生除了本行建筑外，还是专家级的"红粉"（《红楼梦》粉丝）。据说他在武汉各大学作《红楼梦》讲座，几乎是场场爆满。这次坚持要往天平、灵岩二山，是因为张先生认为通行本《红楼梦》的元春判词中一字有误。《红楼梦》第五回中的元春判词一般都是："二十年来辨是非，榴花开处照宫闱。三春争及初春景，虎兔相逢大梦归。"张先生认为，词中"榴花"之"榴"字应为"梅"字，曹雪芹时代此二字写法极其相近，故有此误。而这一谬误因涉及时间（"榴花"是初夏，"梅花"则是冬日），所以十分重要，值得考证。张先生记得多年以前到苏州，曾在天平、灵岩一带某座山顶的寺前墙上，看见过一块乾隆的御诗碑，碑中的"梅"字，就是极像"榴"的写法。我们先到天平山。20世纪80年代后半期我在苏州读大学期间，曾来天平山看过枫叶，如今的天平山则已整饬一新，草坪遍园，变得非常陌生。在天平山公园门口问过工作人员，言山上无寺，所以只进去看了一下不远处的御碑亭（此碑上无"梅"字）和靠近门口的范仲淹纪念馆便出来，转而再向就在附近的灵岩山。灵岩山上有灵岩寺，并且张先生的记忆也渐渐确定当年看见的乾隆御碑就在灵岩寺前。上灵岩寺的路在灵岩山公园旁边，张先生执意要亲自上山看寺，以寻那块有"梅"字的御碑，围上来的抬滑竿的妇女也起劲游说老爷子以做成生意。考虑到张先生年事已高，而且时已近午，苏州城里戴总安排的饭局还在等着，最后是由阿福和吴狄代张老上山寻碑。两人健步如飞向山上奔去，约半小时后大汗淋漓地下来，带回的消息不尽如人意，有"梅"的碑没有找到。吴狄怕张先生不信，还用数码相机的录像功能将寺前扫了一遍。对于这个结果，张老自是憾恨，嘴里还是念叨着应该亲自上山。

因饭后计划到李玉祥的苏州朋友叶放家喝茶看园子，所以吃饭的地方东道主就安排在了十全街上邻近"老苏州饭店"的一家台湾餐馆。十全街是苏州城内很有特色的一条街，街很窄，两侧店铺、宾馆、酒吧鳞次栉比；隔一个街区，与十全街平行的十梓街东头，就是我的母校苏州大学。饭桌上除了我们无锡来的一行，另加入了四人：一位是戴总方面的朋友、本次饭局的东道主；另两位刚从上海过来，分别是北京《中华遗产》杂志的丛绿和上海的匾额收藏家洪涛；还有就是最后到来的叶放。叶放厚实而高，长发，戴黑框眼镜，穿看起来质地很好的中式短袖黑衬衫。台湾餐馆的菜几无印象，只有最后上的花生冰沙，感觉好吃。

　　叶放的住家和园子离吃饭的地方很近，就在十全街上一条叫南石皮弄的横巷里，几乎与著名的网师园比邻而居。汽车从横巷里开进一个安静的小区，似乎并无异样，直到入了叶放兄的私人领地，始有别有洞天之感。目前供职于苏州国画院的叶兄在"江湖"上早有耳闻，苏州作家荆歌曾在文章中说他是"旧式苏州文人的活化石"，同时又是"一个放眼全球，有着创新意识的艺术家"。称叶放是"旧式苏州文人的活化石"其实是有渊源的，他母亲方面的先祖毕沅，曾中过乾隆朝的状元。仅此一点可以显现，苏州的"水"是很深的。叶放兄的家是一排五幢连体别墅之一幢，每幢高三层，原先各带一个院子；因这排别墅的其余四幢皆为叶放的朋友所购，故他们将院子间的隔墙全部推倒，形成了约五百平方米的园林空间，由叶放亲自构图，所谓"叠山理水建亭筑台莳花艺木"，从 2001 年立春开始规划建设，到 2003 年谷雨竣工，诞生了眼前这座名为"南石皮记"的园子。叶放兄的四位高邻，据云或为台湾收藏界大鳄，或为跨国公司精英，这里只是他们的姑苏"别业"，1 年中真正住此的时间很短，所以实际是叶放一家在享受整座园子。

　　"南石皮记"应该算是当代版的苏州私家文人园林。园内有山有水有桥有廊有鱼鸟有花木有亭榭有戏台，且以中国文字装饰各处：如悬置"烟锁池塘柳"以征下联——貌似易对，实际上联隐含"金木水火土"五行之意，要想妥帖对出，殊属不易；如水榭的玻璃上印有这样有趣的回文诗：叶叶花花岁岁红红翠翠寒寒暖暖年年风风雨雨，朝朝暮暮卿卿燕燕觅觅寻寻处处水水山山；除此，更间或可见王羲之、怀素、杨凝式之字影，各种细节实在是处理得精致无比。置身园中，我除了觉得在此种环境内生活真是一种奢侈，并无其他感慨。这可能跟我对苏州园林的个人认识有关。苏州园林的本质，都是在有限、局促的空间内模仿大自然，类似于俗话所谓"螺蛳壳里做道场"，无论做得多精致，多讲究，多有情调，最后从格局、气象上言，总是弱了。"南石皮记"同样难逃苏州园林此种本质属性。

看了园子，叶放兄招呼大家进屋喝茶。屋内的光线明显偏暗，地面是大块深色调的方形石材。环顾堂厅上下四周，有古琴，有大瓶里的一丛枯荷，有鸟巢似的编织悬灯，有藏于吊顶间的大功率空调，有作为洗手池的粗糙石槽和锃亮龙头，有汉罐中失水竹枝映于墙上的疏影。给我们泡茶的那把暗红紫砂壶上，留刻有亚明的手迹。叶放兄营构的这座园子之所以成为苏州城内的一处人文新景，除了硬件，更在于园内经常举办的各种"雅集"，尤其是评弹和昆曲的"雅集"。他最为得意的，就是白先勇的青春浓缩版《牡丹亭》在"南皮石记"的演出，"山水花木、亭台楼阁全是舞台，演员就在园子里演出，真是精彩啊！"是"雅集"总免不了要吃，此次虽未享受到"南皮石记"的美味佳肴，但我拍了一张菜单，是用毛笔写在竹骨红纸扇面上的菜单，从中起码可见此园"雅集"的饮食形式之精：

前菜：将进酒·花碟六味

热菜：菩萨蛮·清水大闸蟹

　　　水龙吟·茉莉花虾仁

　　　忆江南·蟹油菜心

　　　人月圆·蟹粉狮子头

　　　青玉案·蟹黄豆腐

　　　渔家傲·菊花白鱼

　　　醉花间·雪花蟹斗

点心：汉宫春·蟹粉小笼

羹汤：凤栖梧·鲍肺莼菜汤

甜品：桂枝香·桂花芡实

水果：满庭芳·时果多味

在叶家喝了一通茶出来，便辞别叶放兄。张良皋先生是建筑专家，下一个目标自然就是建筑大师贝聿铭设计的苏州博物馆新馆。贝氏 1917 年出生于广州，但其祖辈是苏州望族，他童年时也曾在家族拥有的苏州园林狮子林中度过一段时光。缘于这种苏州情结，所以晚年的贝聿铭先生能够允诺并亲手操刀设

菜单

计这一项目。新苏州博物馆 2006 年 10 月刚刚竣工开馆，我也是第一次来。新馆位于苏州东北街和齐门路相交处，离苏州城区主街道人民路北端的北寺塔很近，距火车站也不远。建筑外观色调以江南传统的粉墙黛瓦为基本元素，一看上去就很"中国"，而且由于以"不高不大不突出"为设计原则，与同一街区的苏州民宅相处得非常和谐；置身馆内，简洁、大气，又富有强烈的现代感，确实是大师手笔。张良皋先生对博物馆主庭院的理水、堆石和白围墙外的绿树借景赞赏不已，手中的相机自从看到博物馆后就很少放下。

　　我感到尤其幸运的是，我们到时，苏州博物馆内恰好有一个徐悲鸿的重要展览：《悲鸿南归——徐悲鸿绘画经典作品苏州特展》。悲鸿先生是我的宜兴同乡前辈，他的绝大多数作品我在各种印刷物上已经熟知，但今天意外地一下子面对如此之多的徐先生的真迹，真是非常激动！《田横五百士》《愚公移山》，站在巨大的画幅面前，心中在向前辈默默致敬！画出如此作品的人，他的内心是有真力量的。我还特别注意到画展中两幅不起眼的素描小稿：《伯阳肖像》和《庆平肖像》，寥寥数笔中所显示的深湛写实功力，让我叹服。这又让我联想起若干年前在上海美术馆看到的几幅凡·高素描习作，写实功力同样令我震惊。看来，不管是何种流派，伟大画家的写实基础，都是异常扎实的。"悲鸿南归"展中的许多作品，张良皋先生于 20 世纪 40 年代曾在重庆的悲鸿画展上看到过，半个多世纪之后，在苏州又与这些画作重逢，老人不禁感慨系之。

从博物馆出来，天已近暮。洪涛要返上海，李玉祥、阿福和丛绿到杭州，戴总和我仍然陪张先生与吴狄回无锡。众人道别，一天的苏州行至此结束。

太平天国终结地

群山围绕。这是赣东南石城县琴江边，一座仍然有人居住的古宅。宽阔、散漫的琴江依旧清亮，在反射着蓝色的天光。我进入的这座古宅，就处于江畔一大片斑驳的民居之间。宅屋已经相当破败，立于天井，斜照进来的阳光，在感觉中似乎也沾有潮湿的绿苔。古宅中许多原先应该敞开的空间，现在都已砖砌封闭成若干居家小屋。整座宅子弥漫着一种慢悠悠的、被遗弃般的世俗烟火气息。这里很静。在古宅内悄步缓行，我只听见某个门框内缝纫机持续清脆的"哒哒"声，以及一位正在锁他小屋木门的老者的两声空旷咳嗽。

我所置身的古宅——石城县桂花巷内的桂花屋，其实存有特殊意义，眼中这座破败却弥漫着世俗烟火气息的宅屋，即为中国近代史上那场著名的太平天国运动的彻底终结地。

画面和事件需要回放。

1864 年 7 月 19 日，天京城陷。年仅十六岁、刚刚继位一个多月的幼天王洪天贵福（洪秀全 6 月 1 日病逝，他 6 月 6 日继位），在城陷当夜，由忠王李秀成掩护出城。幼主随即南走江苏句容、溧水。7 月 24 日，干王洪仁玕等自溧水护送幼主走安徽广德；29 日，由堵王黄文金迎入浙江湖州。他们在湖州召开军事会议，决定进入江西，到抚州会合李世贤部，再赴湖北会合扶王陈得才大军，据荆、襄以图中原，重振天国。8 月 4 日，黄文金遣弟昭王黄文英等护幼主返至广德。洪仁玕、黄文金等于 8 月 27 日夜放弃湖州来会（黄文金离开广德就病死了）。30 日，从广德南下，绕过宁国，9 月 3 日至昌化。转战浙、皖边境但多失利。9 月 20 日克浙江开化县城，21 日至常山进入江西玉山、铅山，沿途遭清军追截，伤亡很重。28 日出泸溪（资溪）。10 月 4 日，幼主、洪仁玕等会于江西新城（黎川）（幼主逃亡路线，参看《太平天国历史地图集》，郭毅生主编，中国地图出版社 1989 年版）。

太平天国研究专家罗尔纲先生记述了幼主随后的行踪细节：

"敌人舍辎重，日夜急追……在广昌县唐坊被敌人追到，太平军一边迎战，一边急走。至巳刻（上午 9 点钟至 11 点钟），又被追到白水岭。太平军扼岭力战，把追兵打退，急行三十里，到石城县杨家牌。这时候，太平军已经五日夜不停趾了，所到一餐即行，十分疲倦，又以为今天打了一个胜仗，敌人不会追来，打算在这里休息一夜，明天再走。洪天贵福说：'住不得，妖兵离这里不远，今夜一定会来的。'洪仁玕等都说：'妖兵追不到了。'不信他的话，就停在杨家牌住宿，夜间的警备工作又没有做好。果然，在太平军离开白水岭后，敌军主将席宝田带后队赶到，传餐毕，他命令部将说：'不擒幼逆，不得收队！'立刻跟追，入夜追到杨家牌，他把军队四面部署完竣，到三更时候，鼓角一声，立刻向太平军的宿营杀进来。太平军惊醒，措手不及，洪仁玕、黄文英都被俘。这一支从湖州保卫幼天王洪天贵福出来的军队，由于领导者当敌军日夜急追已发生战斗的紧急关头，犯了轻忽疏虞的大错误，就在杨家牌全军覆灭了……当敌人杀入宿营时，十几个忠勇的卫队保护洪天贵福冲出。敌人追得紧，过桥时，他跌下马来，卫队把他扶过岭。敌人追到，他和卫队都挤下坑去。敌人下坑来，把卫队都拿去，但瞧不见他。他等敌人向前追去，躲入山里。后来下山，辗转走过广昌、瑞金等地方，都找寻不到自己的军队，最后回头走到石城县荒谷中，敌人正在四山搜捕，听闻一个被俘的牧马小儿对他的同伴说，'幼天王走过这里了'，就跟踪去追，把他俘获。"（《太平天国史》，罗尔纲著，中华书局1991年版）

　　1864年10月25日，幼天王洪天贵福在石城荒谷中被清军席宝田部捕获后，当即被押解至县城，关在我现在置身的这座古宅——当年则是刚刚落成的崭新桂花屋内。时任江西巡抚的沈葆桢闻悉幼天王石城被擒，长长地吁出了一口气："东南大局，从此底定矣。"

桂花屋系当年石城巨富黄性存的私宅，始建于1851年，到1864年落成，历时14年之久；原屋占地一千五百平方米，有七十余间，分三进，前、中、后厅，两侧是厢房；因厅前院内有金桂、银桂而得名桂花屋。幼天王被押来之后，据说就囚禁在今天尚存的西花厅中。

当地的民间传说中，桂花屋与太平天国的诸多巧合，让我深感兴趣。首先是时间巧合：桂花屋始建与落成的时间，正好与太平天国金田起义和天京覆败的时间一致；其次是地名巧合：太平天国建都石头城（南京），而最后竟然是终结于石城。这些有意思的巧合，确实令人无法解释清楚。

那天，从建在高处的石城新汽车站到琴江边的桂花屋古宅，我感觉冥冥中似乎有股力量在导引着双脚，寻找是那么容易。出车站，朝着琴江向下走，经一座宋代古塔，过琴江上的大桥后，即右转进入一条旧街，在旧街上只走一会儿，就看见前面左侧有一条很窄的横巷，巷口裸露青砖的墙上，钉一块蓝底白字的地名牌：桂花巷。刚拐进去，桂花屋就到了——拉有杂乱电线的倾斜水泥杆旁，一处有着马头墙的并不起眼的灰青民居——因为我看到了门口墙角竖着的石牌：

江西省重点文物保护单位

太平天国幼天王洪天贵福囚室

江西省人民政府

一九八七年十二月二十八日公布

石城县人民政府立

　　桂花屋确乎破败了，昔时香气盈宅的两棵桂树已然无觅，局促的天井中央，是一堆种在破脸盆、油漆铁桶和瓦盆内的绿叶植物，葳蕤疯野；天井中纵横拉着的几根绳子上，悬挂晾晒着翻过来的衣裤。所有木质的门槛花窗梁柱，都在强烈显示着腐朽的进程。可以看出，整座宅子现在已经分隔为数户居住，在一间紧闭着的门牌号为"桂花巷48号附3"的门楣上方，还挂有一块"石城县琴江镇第一居委会"的牌子。午后寂静，在桂花屋内我只见到两个人：一位是在某间小屋内持续认真地踩缝纫机的戴眼镜老太；一位是行将出去、正在缓慢锁门的蹒跚老者。他们晚岁的人生，似乎从来都是沉浸在自己的世界之中，对于贸然进入的外人，视若无睹，毫不关注。一刻，我恍在以前做过的一个梦境。

　　幼天王洪天贵福在桂花屋关押若干日子之后，被解往南昌，于1864年11月18日，在南昌被凌迟处死。

　　午后桂花屋的寂静中，我无语而立，努力想从这座已有一百四十多岁年纪的古宅深处，嗅听出当年囚车的滚动和刀剑的撞击之声，然而，什么都没有。耳畔传来的，只是缝纫机清

桂花屋内

脆的 "哒哒" 声和锁门老者显得空旷的咳嗽声。

历史曾有的血腥激烈，在见惯一切、不动声色的时光流拂中，似一团渐淡的烟云，如今，已彻底散去。

位置

我总是默记这样一个事实：我居住的地方，亚欧大陆的东缘，太平洋是摆在我面前的一张湛蓝书桌。

在此张虚幻却又现实的书桌之上，我，凭借汉字，最终能够叙写出的，将是什么？

台湾垦丁太平洋边

3月9日：油菜花序

2007 年 3 月 9 日，农历正月二十。元宵、惊蛰刚过，感觉天地间已是春意萌动，人也似乎再难久处室内。于是背包出门，一天南下穿州过省，往江西婺源访友、看花。此行所看之花，专指油菜。一天路程，虽为不远的 500 公里，但从沿途油菜生长、开花的差异而言，可以看出地理对于物候的奇妙影响力。

无锡。早上 8 时 30 分，在无锡汽车西站乘上开往安徽宁国的长途班车。经无锡城西的河埒口街区，过江南赏梅胜地、昔为荣氏家族私家园林的梅园，便渐入滨太湖的十八湾地区。此段公路风光甚好，远处青山如黛，近处湖水浩渺。只是由于工业和城市的扩张，加上原先是大片农田和鱼塘的湖畔（此处湖畔，曾催生出国学大师钱穆先生著名的学术随笔集《湖上闲思录》），已被改造为起伏的人工草地和园林式池沼，所以已然不见油菜的踪迹。没来由地想起不知是某人的一句语录：何谓文明？文明就是将能够生长万物的土地变成不能生长一物的水泥地。虽是夸张，但细想不无道理。

宜兴。过十八湾段公路后，很快就进入属于常州市的雪堰桥和潘家桥，然后就到漕桥，这里已经是宜兴地界了。从漕桥到宜兴县城这短短一段的公路两侧，分别存有中国现当代美术史上两位重量级人物的故宅：过漕桥，到万石桥，然后右转进去的闸口，是吴冠中的故乡；万石桥前面是和桥，过了和桥就是屺亭桥，公路左边这个名叫"屺亭"的小小集镇，是徐悲鸿的故乡。从上述列举的地名——雪堰桥、潘家桥、漕桥、万石桥、闸口、和桥、屺亭桥，可以明显看出此地域所呈现的江南平原水网的地貌特征。宜兴公路两边土地虽也同样被不断兴起的乡镇企业、道路和市场所蚕食，但不时仍能看到整块整片的农田，栽种其中的油菜，现在一律是肃穆却又隐含勃发生机的青绿色。偶有点缀若干淡黄小花的一株，是迫不及待的早发育儿，在青绿色缄默的方阵之中，十分醒目。

广德。两个小时之后，即上午10时30分，汽车到达江苏（宜兴）和安徽（广德）两省交界处的太极洞。从这一带开始，正式告别平原水网地貌，进入山区。从太极洞到广德县城外的祠山岗岔路口，道路笔直，行车40分钟。安徽广德地处苏、浙、皖三省交界，所谓"川谷盘纡，襟带吴越"（光绪《广德州志》，卷二《建置志》）。以前曾和朋友从吴昌硕老家浙江安吉县的郭吴镇，徒步半天到广德城外的岔路口。广德境内的油菜，苗壮有力，结满了密密的、尚呈绿色的花蕾。每一株长长的花轴上，着生有数十支的花梗，每一支纤细的花梗顶端，便是绿色花蕾，像蘸了绿墨的微型毛笔般的花蕾。

宁国。由广德城外的岔路口起算，1小时后抵达宁国汽车站。时为中午12时10分。因此从无锡到宁国总费时3小时40分钟，票价为58元。为着赶时间，我没有出站，就直接上了12时20分由宁国开往绩溪的班车。宁国到过数次，它给我的第一印象是黑暗。因为20世纪80年代末乘皖赣铁路的火车第一次来到宁国，是在黎明前的黑暗时分。我至今犹记那种浓重的山城黑暗。那次在黑暗中从破败的火车站一路摸索至汽车站，然后在汽车站的木长凳上睡觉，等待早班汽车的营业。宁国地处安徽入浙孔道，历来为军事要地。所以名为宁国，其实在历史上很多时候不得安宁。譬如14年的太平天国之战，宁国一域就承受了长达8年的战争，造成人口的惊人损失，"难后遗黎，宁邑最稀。宁自清咸丰兵燹后，土民存者不足百分之一"（民国《宁国县志》，卷四《政治志·风俗》）。宁国公路沿线的油菜，印象深刻的是那些密密麻麻的花蕾，渐渐地由绿色的微型毛笔变成为鹅黄色的微型毛笔，但是，它们依然还没有绽放。

绩溪。绩溪，麻线似的、无法数清的溪水在流淌、交织。多么美丽的地域！也许是被美丽的地域所诱惑、所逼迫，在绩溪，草本、总状花序、圆柱形茎、多分枝、叶互生——十字花科的油菜，终于开始部分绽放了。油菜花的开放，在一根花轴上，是自下而上进行的。花轴上端还是支支微型的黄色毛笔（花蕾），下部则已试着开放出朵朵四瓣的可爱黄花。12时20分宁国发车，下午2时到达胡适的故乡、徽菜的正源地绩溪，车票18元。

歙县。歙县是古代徽州府"一府六邑"（"六邑"即指今属安徽的绩溪、歙县、休宁、黟县、祁门和今属江西的婺源）的府治所在。关于歙县：我记得斗山街的深夜长巷；记得练江滩上的红月亮；记得睡在徽州旅馆的走廊上耳边杂沓的山乡赶考学子的脚步声；记得"许国石坊"旁购得的《徽州茶经》；记得太平桥头挂在水泥电线杆顶的一块富有历史信息的小小公路指示牌：芜湖247KM、杭州212KM——芜湖和杭州，正是当年徽州人出外经商的两个重要目标地；记得这里出产的大画家明末的渐江和现代的黄宾虹；记得渔梁坝上令人惊心动魄的被流水冲刷变形了的巨大石条。但这次我没有在歙县停留，宁国到绩溪之后，在路边招手上了绩溪前往屯溪的中巴。中巴驶过歙县之境，我见识了路边溪涧之内倒映的奔跑群山和淡黄油菜花团的浅金之云。

屯溪。绩溪到屯溪行程一个半小时，车票10元。屯，聚集、储存之意；屯溪乃众溪汇聚之地，仅从字面理解，即可知屯溪是一处大的码头。稍稍考虑一下各地地名，会觉得颇有意思。中国地名之取得，以下两条取名法则似为常用：一为呈现

油菜花

自然特征，一为表达人文诉求。像"无锡""绩溪""屯溪"，即是明显地呈现了自然特征；而如"宜兴""广德""宁国"，这样的好字眼，当是人文诉求的目标。屯溪在20世纪80年代被改名为黄山市，现在是名副其实的一座热气腾腾的大都市，在此已经难觅油菜花的芳香和姿影。

休宁。休宁距屯溪非常之近，18公里，票价4元。到达休宁是下午4时30分。因为隔省的缘故，这个时间从休宁往婺源已经没有班车。幸好早就预料到这一情况，婺源的忠佩兄已开车赶来休宁接我。在我以前投宿过的、陋旧的休宁宾馆门前碰头、上车。群山之中的道路整洁清静，朋友的车即使在弯道也开得飞快。休宁境内的油菜花已经开了五六成，不断侵入眼帘的整块整块的油菜花地，那种浓重肥硕的菜花颜色，晃耀人眼。快出休宁时经过的名叫"五城"的山间古镇，印象很深。狭窄却极长的弯曲街道，既是两旁店铺鳞次栉比的商业中心，又是供往来皖赣的汽车通行的车道，繁杂而热闹，街上到处写满据说是很有名的"五城豆腐干"的出售广告。

婺源。过五城，沿盘山公路翻过海拔1100余米的莲花山，便进入江西省境。山路无人少车，我们下山的汽车腾挪如飞。大畈、江湾、秋口，坡上、谷间、溪畔，触目的油菜花浓厚如膏、如云、如热烈燃烧的金色火海。如果说山北安徽境内的油菜花尚是静态的、内敛的，那么这里的花海则是轰响的、激荡的；如果说山北的油菜花还是略带青涩、正在生长的童子军，那么这里的花海则是冲锋陷阵、不可阻挡的奋勇成人军团。山中黄昏。慢慢暗郁下来的黛青天地间，奇异地转射有一种来自接近成熟顶端的油菜花海的金黄光线。恍惚间，人好像进入了似曾相识的、古老传说中的神话境地。晚 6 时 30 分，汽车到达婺源县城紫阳镇。至此，一天 10 个小时、500 公里的我的南下之旅，便告结束。

暮色文章

　　暮色里似乎到处翻卷着曾巩（字子固，1019—1083）的浓墨文章，雕版印刷、力透纸背的浓墨文章：《墨池记》《南轩记》《上欧阳舍人书》《广德军重修鼓角楼记》《李白诗集后叙》。这里是曾巩故乡。我正行走其间的解放路老街，通往南丰县城的南郊。

　　老街像习见的中国县城或乡镇的街巷，充满俗世生活的嘈杂、陋旧与温暖。行色匆匆的妇女手推的自行车后座上，坐着在啃小半块面包的她的小女儿；塑料味强烈的鞋子店，将货摊摆上了半个街面；纷乱的人群中一辆小货车和人力拉客三轮车对峙着互不相让；一位神情肃穆的中年男子，扛着硕大花圈，在人群中疾走；街角饮食店陈年累月的油烟，已经将整幢木楼熏得发黑，店前临街的人行道上，他们撑起大片的白色塑料纸

洗澡堂

作为天棚，天棚下，是刚摆出的几副桌椅；摩托车的轰响不时掠过耳际；配钥匙店内的人，将半盆不知什么水泼向了当街；日夜诊所；"洗澡堂"；第二代身份证拍摄点；路旁黄鱼车上的水果摊前，有老人在买香蕉，一旁跟着的孩子，正吃力地抱住扎好的一床棉絮，但盯住秤盘里金黄香蕉的眼神，是热切的、欣喜的；一块画有"十"字、写着"耶稣堂"的路牌，将醒目的箭头指向幽深的青砖巷子。暮色，感觉中是由曾巩浓墨文字不断逸出的暮色，越来越浓地弥漫身边的江西天地。

解放路老街的尽头一段，已经相当冷清没有市面了。眼前是旷寂、缓流的盱江（《辞海》上是"日"字旁的"旴江"，而此地都写作"目"字旁的"盱江"，不知究竟何字为确），是盱江之上造型特别、又高又窄的索桥。"H"形索塔的上部，"盱江索桥"四字是沈鹏的手迹。索桥由于窄，只供行人和自行车、摩托车通行。过桥进出县城的人、车极其地少。我和同行的一位师长步行而过，我们特地要去看的，是对岸江畔曾巩少年时曾经刻苦攻读过的"读书岩"。

我相当敬重南丰的曾巩，我心目中的这位北宋前辈，是一位刚毅直方、磊落重情的男人和君子，他的为人行事，正像他的诗文，如刀法质朴耿直的木刻，棱角分明。对待家庭，曾巩是这样："父亡，奉继母益至，抚四弟、九妹于委废单弱之中，宦学婚嫁，一出其力"；进入官场，对上他拒绝奴颜谄媚，他的天性是远迹权贵，挺立不愿趋附——如此性格的人当然不会见容于俗流，然而曾巩终究还是幸运和幸福的，因为他寻找到了一生中信赖和尊重的一位老师：欧阳修（1007—1072）。作为北宋"学者宗师"的欧阳修，也是如此欣赏小他十二岁的这位江西小同乡："过吾门者百千人，独于得生为喜。"所以，在曾巩挺立不附的孤傲中，他的内心深处尚不至于绝望和孤独。在帮助朋友方面，曾巩更是倾情而注，不遗余力，尤以他与王安石（1021—1086）的关系为典型。

　　曾巩和王安石早年在京师相识，两位江西青年一见如故，英雄相惜。"忆昨走京尘，衡门始相识。疏帘挂秋日，客庖留共食。……始得读君文，大匠谢刀尺。"曾巩这样记述与王安石的最初见面。王安石对长其两岁的曾巩同样真情流露："吾少莫与合，爱我君为最。"为了王安石，曾巩曾上书老师欧阳修，力荐他的这位朋友："巩之友王安石，文甚古，行甚称文，虽已得科名，居今知安石者尚少也。彼诚自重，不愿知于人，尝与巩言：'非先生无足知我也。'如此人古今不常有。如今时所急，虽无常人千万不害也。顾如安石不可失也。先生傥言焉，进之于朝廷，其有补于天下，亦书其所为文一编，进左右，幸观之，庶知巩之非妄也。"（《上欧阳舍人书》）这封信的结果是："欧公悉见足下之文，爱叹诵写，不胜其勤……"（曾致王信，《与王介甫第一书》）王安石日后能位至宰相，除了自己的真才实学，应该说与曾巩当年的引荐，以及后来欧阳修的推举深有关系。曾巩与王安石的友谊之深，其实只需一件事就可充分说明：

王安石曾应邀为曾巩的祖母黄氏、父亲曾易占撰写墓志铭；曾巩亦应邀为王安石的父亲王益撰写墓志铭。王安石22岁就考中进士；而曾巩虽然成名很早，由于种种原因，直到39岁才获得进士身份。曾巩为王安石父亲撰写墓志铭时是30岁，尚未中进士，由此可见王对曾的敬重。非常遗憾的是，有着坚实友谊的曾、王二人，后来因为政治见解的分歧，关系也是渐行渐远，所谓"始合终暌"。《宋史·曾巩本传》这样记载："少与王安石游，安石声誉未振，巩导之于欧阳修，及安石得志，遂与之异。""及安石得志，遂与之异"，从这句话中，我读到了曾巩身上值得我敬佩的一种男人品性。

站在旴江索桥上，能够看到对岸江畔半山腰间"读书岩"旁的建筑。下桥，再沿江边小道步行里许，就到了。暮色已经浓深四合。"读书岩"旁树木丛中的建筑是曾巩纪念馆。首先触目的是一面间杂着雨黑和内里白石灰面目的斑驳红墙，墙上开有门，门侧挂着一块木牌，在浓暮里仍可辨清其上字迹：南丰县收藏家协会。我们并没有进去，而是朝着纪念馆的方向，继续拾级向上走。经过被树掩映的黢黑的传达室小屋时，朝洞开的门内喊了半天，终于像幽灵一样踱出一位严肃少语的瘦小老者，默默地听了我们的解释后，点头表示允许入内。山林中的曾巩纪念馆，浓暮近夜，只两个来自异乡的拜谒者，各个展馆皆昏暗无灯，视线和印象里是残破的卷轴，是蒙尘的展板，是驳蚀的汉字，是纸上人物肖像邈远古怪的神情。突然起风了，耳畔乃至整个纪念馆的局促朦胧空间，顿时充满山林中树叶被风吹动的飒飒声浪，树叶的声浪中，还夹杂着展室内抱柱联的木板被风吹动后撞击圆柱的"哐哐"声。突然的风，奇异、醒耳的声响，让人的身体有微微的电流之感。这难道是曾巩——盱江边的这位南丰先生对浓暮中拜谒者的一种回应？友好，抑或是拒绝？

"读书岩"就在纪念馆近侧。分开枝叶，从小径爬上去，丹霞赤岩中，这是宽丈余、深丈许的一处天然石室，石室前恰有一块相对平坦的石台。暗黑的山间天色中，除此再也无法看清其他。向室而立片刻。石室有灵，900多年前曾子固晨昏的诵读之声，应该仍留在眼前石壁的肌理缝隙之间。

返走盱江索桥，重新回到县城之中。老街上的每一家店铺，此时都点起了昏红的灯火。那幢被油烟熏黑了的木楼前，白色塑料纸的矮矮天棚底下，也吊了一只孤零零的发光灯泡，只不过，棚下的几副桌椅仍然是空空荡荡，尚无人坐。和同行的师长随便找了家吃饭的店，钻进去，在它油腻腻的、暗的、迷宫般的店堂深处坐停，让店家首先打来两碗他们自做的杨梅烧酒。碗中酒液浑红，这种色泽，就像刚才在夜色中老街沿途所见的、一家家已经或就要关门的店铺内灯泡所散发的疲惫之光。

南方象征

　　从三清山——位于亚欧大陆东南部、西太平洋边缘——这片由东南向西北倾斜的花岗岩群山中,我读到的,是关于中国南方的象征。

　　它美丽的外表,是如此灵秀、神奇。由于造山运动的巨伟之手,加上长期风化侵蚀和重力崩解作用,形成了眼前异峰千仞、幽谷万丈的山岳奇观。它那无法穷尽、参差起伏的象形山峰,神工鬼斧,百态千姿,一直延伸到梦幻深处,人类有史以来的所有想象,似乎都能够在此地落到实处。不光是神奇山峰,这里还是造化眷顾的植物王国。在专家的说明文字中可以得知,三清山岩基裂隙多,透水性强,含水量大,天降雨水渗入裂隙,蓄为潜水,为滋润全山植被提供了十分优良的自然条件。由此,这片奇如梦境的山岳世界,竟然囊括了中国中亚热带所有的植被类型。异木有：南方铁杉、华东黄杉、三清松、福建柏、香果树、木莲、古银杏、金桂、璎珞柏、猕猴桃树、红花油茶，等等。名花有：天女花、杜鹃花、木海棠、瑞香、红茶花、玉兰、含笑、萱草、蕙兰、水晶兰、黄精、百合、六月雪、扁枝越橘、野牡丹等。在攀缘的过程中，漫山遍谷植物清激的呼吸，涤洗着人蒙尘的心胸。同行者的头，不小心就碰到了一根凌越于山道半空的树枝，一问，这原来是一棵有着 1500 年树龄的野杜鹃！当地朋友介绍，山中到处都是几百年、上千年的野杜鹃林，每逢春天杜鹃花开时，先是粉红，然后变紫，最后转白，如赤霞燃云，让山中人觉得不在人间。

奇岳，异木，名花，三清山是美丽的。但就个人而言，我更为看重的，是此种美丽的深厚内质。支撑三清山出众之美的，竟然是亿万年凝成的花岗岩大地！人间的时光无法撼动的岩石大地上，美丽活泼生成。所以，三清山的美，是自足的，更是根基深厚的，它一派天然，远离并且拒绝了俗世习见的轻浮、艳饰与骄矜。对于这样的美，我的内心，有默默的肃然。

——美丽灵秀又坚固深邃，这就是南方，这就是通过三清山呈现的、我所崇敬的南方品格。

墨水与经文

　　在雪域高原，我秘密地发现到，湛蓝的湖和浓黑的夜，是神用来书写的两种墨水。

　　神用这两种无尽的墨水，在天幕般的、凡俗无法目睹的卷帛上，书写着经文。我们可以猜度：蓝色的字迹，反映的或许是神界的祥和；黑色的字迹，记载的则可能是人世的命运。增删改定后的神的经文，最后一律用金黄印刷，那就是7月，我们能够看见的、散落晾晒于高原雪域各处的块块油菜花地——一页页，金碧辉煌，又宁静无比。

高原油菜花地

雅鲁藏布江

在它的内部，我没有看见鹰影、大团浓重的云影或者钢蓝雪山的倒影。我到的时候正是雨季，雅鲁藏布江浊黄、愤怒、汹涌，像龙，一条蓄满了力量的、黄皮肤的龙，一刻不停地，从我的身边俯冲腾跃而去。但弯下腰来，用手触碰到它的水，仍然是冰凉的，仍然带有发源处——极地喜马拉雅山脉中段北麓冰川的深凉意味。

我努力抑制着激动。因为，眼前的激越之江，即为我们居住的星球表面，位置最高的大河。古代藏文文献中，它被称为"央恰布藏布"，意思是"从最高顶峰上流下来的水"。在切近的江水之旁，我深刻感受到的，首先，是它骨子里天然隐带的君临一切的骄傲。在众生的仰望之中，它应该是高度仅次于天上银河的一条大江。其次，是江水的力量，充满于我的耳目感官，不可遏制、无物可挡的巨大力量（从源头到最后的结束处，此江拥有着数千米的巨大落差）！

浊黄的大江先是自西向东奔涌。北端，是雄伟的冈底斯山脉和念青唐古拉山脉；南端，是高耸入云的喜马拉雅山脉。江水一路奋力，不断挣脱南北磅礴山脉的夹挤。由于不同地段的河床形貌不一，江水有的呈现深深的漩涡，有的在奔流中喷涌出无尽的莲花，有的则因阻碍而耸起微型的嵯峨山峰。甚至还有小股的江水，因为前路艰险而畏缩欲退，却被后面的浩荡军团不由分说挟裹着继续前驱。这条著名的大江东行至藏东，突然折而向南，继而向西返流，从喜马拉雅山脉的北面，绕到了山脉的南面！这是具有战略意义的大转折！随后，它由西而再南，携手古老的恒河之水，最终汇入了浩瀚的印度洋。

雅鲁藏布江，这是一次历尽艰难却始终自信勃勃的伟大长征。欢乐、清新、激荡的笑声，在漫长的征途中似乎总是充盈在耳。雅鲁藏布江，这是星空可以照耀到的、用东方各民族的文字与生息写就的年轻而又壮美的史诗。

因为跋涉而渴极的东方神龙，终于，汲饮到了南方的深蓝海水。

镜中·西藏札记

（1）

我记得午夜大昭寺上空的闪电形状。在这座沉睡的唐代寺院之上，瞬间而显的锐利闪电，像陌生的藏文笔触，又像我熟悉的汉字笔画——当然，更为逼真的，还是像一枝巨长的、略为弯曲的荷梗。这枝耀眼的荷梗，使得寺院古老的铜瓦金顶，也难得地，在浓夜中吐出一瞬细细的金光。闪电的荷梗，是隐形的画者在巅峰状态下的一记点睛勾勒，巨长的、略为弯曲的闪亮荷梗之外，便是夜的无边无际的墨色荷叶，便是纷披荷叶之间，凡俗难见的墨色莲花。

我走回黑暗中的旅馆。骤起的雨点落在头顶，有雪域特有的凉意，还有难抑的、莲子的青涩。

（2）

　　我所看见和触摸到的布达拉宫外墙，都是用不规则的石头砌筑。早晨从住地出来，沿林廓北路西行，过温州商贸城和区人民医院，未到娘热南路，就可看到视线高处布达拉宫激动我心的身影。这座建于公元 7 世纪、世界上位置最高的古代宫殿，在人车、街道、绿树之流的围绕烘托之下，特别地显示出一种现世的清新、超拔与庄严。这跟我在夜间初见此宫时的感觉有很大不同。前一夜下了从西宁到拉萨的青藏列车，进入城区，目睹布达拉宫的感觉，就像后来读到的五世达赖罗桑嘉措赞美此宫的诗句一样："纯金成幢焰火洪，普照世间光明中。"布达拉山上的红宫与白宫，在灯光的炫耀辉映下，浮于世俗夜晚的幽暗大海之上，宛如幻景，于我有着强烈的不真实感。现在是早晨。也许是因为在雪域高原，早晨的空气特别洁净，对于来自世界低处的我而言，特别适合在此吐故纳新。过娘热南路，再穿越宗角禄康公园的一角（此处原为布达拉宫的后山花园，水碧林茂，昔为六世达赖、诗人仓央嘉措喜爱的流连之所，今天辟为敞开式公园，晨练者众多），就可抵达包围布达拉山的曲折外墙（宫在山上）。石墙素朴，没有拒人千里的高严骄态。一般是刷成白色，不过由于风吹雨淋的缘故，有的段落斑驳脱落，露出内里一层年代更为久远的土黄颜色。石墙上有的地方还凿有粗糙的佛龛。我内心行礼于一幅石龛里的四手观音像。蓝、红、白、绿、黄，描绘的菩萨像色彩非常夺目。端坐于莲座的四手观音，双手合十，另外的双手，一手捻珠，一手持花。观音面容饱满凝寂，头戴宝冠，身后的佛光像年轻的彩虹。因为长时间的注目，佛龛里的观音像竟微微有拂动的感觉。布达拉宫与观音大士缘分深厚，布达拉，即观音胜地普陀洛迦的梵语译音，负载布达拉宫的布达拉山，实际就是一艘渡越苦海、普救众生的航行之舟。

围绕布达拉宫的转经者，像水流一样，怀着爱敬，日日洗刷着岁月中的古老宫墙。在东侧墙外，是一片小小的广场，这里憩息或腾飞着大群的灰鸽，布达拉宫的灰鸽。一位背着挎包的木讷老者，一手握住转经筒和一只塑料背心袋，另一只手从背心袋里不断掏出压碎的玉米粒，撒向鸽群。鸽子不停地在墙顶和有碎玉米粒的砖地上旋飞起落，湛蓝的晨间天空底下，朝阳给木讷老者和欢快的鸽群都镀上了一层佛般的金色。宫墙外的街道旁还有三两的地摊，卖的都是两样东西：草花和山楂。草花据说是供佛的，绿色茎叶，花朵是极其鲜艳的深橘黄和鹅黄，一束束扎好，零乱地摊放在平铺的编织袋上。敞开的口袋内满满的山楂夹杂树叶，野生的山楂很小，像一颗颗红色的佛珠。一块钱一小碗，我买了两小碗，尝一下，虽小，竟有着异常甘甜的汁液。

（3）

在拉萨，我总是在以下三种声音中告别夜晚的睡眠，开始

布达拉宫门饰

醒来。

白杨树间公鸡此起彼伏的韧长叫声中，我醒来。

武警年轻而又雄壮的操练声中，我醒来。

发亮、笔直的微红晨光，越过窗外的青色山峰，叩响我住处玻璃的清脆声中，我醒来。

（4）

牦牛被大刀阔斧地剖开，皮已经不见。大块鲜红的牦牛肉，或用铁钩挂起，悬在柜台上空，或就成堆地摊放在油腻阔大的柜面上。柏枝在粗大的牛骨头旁燃烟，意在驱赶蝇虫；有的摊主就直接用彩布条扎成的拂尘掸赶苍蝇。沾了红白骨渣的砍刀，刃口，有如主人眼神一样的戒备般的幽亮。

专售酥油的店面很小，坐放于门口的淡黄酥油，像膨胀的巨块法式面包，它有好看而新鲜的切痕。看到切痕，你会懂得，什么叫真正的："凝脂"。

繁杂闹忙的街道两边，有许多曲狭的石巷通往这座藏城隐秘的更深处，那里是迷宫般的民居和寺庙。常有三两打扮前卫的藏族少年，骑着自行车从巷中呼啸而出。我进入迷宫阵中的一处民居。这是类似大杂院的建筑，房子围住的公共空间中心，有水龙头和一个泛黄的水泥水池。另外，大杂院里最醒目的，就是成排的用各种容器栽种的花草了。楼式民房的外墙都是白色的，但所有窗户的四周都刷了黑色。几乎每个窗台上，都种满了正在绽放各色花朵的花草。一户人家的门口，围满了孩子，原来是一个面容姣好的姑娘在卖她自制的凉粉小吃。一坨淡绿的凉粉放在木砧板上，谁要买，坐在矮凳上的姑娘，就用小刀切一块下来，再仔细切成小方块放入盘子，撒上碧绿的芫荽末和鲜红的辣油，就成了。围着的孩子有早买到的，就端了盘子在院中吃。一个个子很高、穿连衣裙的五年级藏族女孩，告诉说她会讲汉语，她有一个弟弟在尼泊尔。院中闲站的一位身材魁梧的藏族大婶，是卖自制凉粉姑娘的母亲，她身边同样闲站的，是她的大女儿，卖凉粉姑娘的姐姐。她们家就在身后，前屋里有四个人在打麻将，供着小型佛像的里屋内，一个婴儿酣睡在老旧的堆满衣物的长沙发上。卖凉粉姑娘的姐姐说，孩子的爸爸在外面打工，她自己没有文化，找不到工作。

流动的烧烤摊直接在街中间散发浓烈肉烟。同样在街中间摆摊的，还有地上的蔬菜摊，三轮车上的水果摊、袜子摊、帽子摊。川流不息的男女老少几乎全是藏胞。个体服装店鳞次栉比，绝大部分将摊子摆至店外。有的在卖大捆的草绿色军用油帆布。在一个面积很大的卖餐具的街边摊点上，我买下了两只白瓷小碗，碗身都绘有缠枝花纹，颜色一为深黄，一为橘红。

沿街还有那么多的甜茶馆。几乎每家甜茶馆的内部都偏暗并且狭小，看起来有点不洁。类似课桌椅大小的桌凳挤满店内，每家的顾客都不少，大部分是看起来像当地人的男性青壮年。甜茶馆卖各种饮料，也供应简单的藏餐。在一家叫"石桥"

的甜茶馆内，我喝的是5角钱一杯的酥油甜茶。环顾店内，大部分人的面前是一小瓶塑料装的蓝色百事可乐，有的喝剩一半，有的只剩三分之一 ——看起来他们都已在此坐了很久。挂在室内半空中，外壳已经油腻不堪的电视机里，正在放着香港搞笑枪战片，所有的人都麻木地略微举头，神情滞滞地望着那个变幻画面和发出声响的蒙尘荧屏。

（5）

在城市之外，7月西藏的日历上，晃满青麦零乱的影子。进一步，7月西藏的整个天空，从我个人的视听而言，都晃满青麦呼啸的零乱影子。正在结实的巨硕的穗，沉甸甸的，似乎可以擂响所有等待的鼓面。青圆的麦秆几乎全部交错并且弯曲着，这一方面是因为穗的沉重，另一方面，这种姿势还存留着夜晚高原强劲气流的拂动痕迹。但是，在我的视野范围内，没有一株青麦是折断的。它们深深地弯曲，甚至田地边缘的都快要触到腥烈的土地，但是，没有折断。年轻的青麦如此坚韧。在广袤的河谷，在缓慢起伏的坡地，零乱的青麦像是一支雄浑的青色军团。无数在炽白日光下闪烁的麦芒，是它们携带的锋利细箭，一旦发射，如雨珠般密集的麦芒之箭，遮天蔽日，整个世界将为之疼痛、黑暗。

青麦。在西藏的笔记本上，我记下了它们异于他地的独特品性：凛冽。

西藏的麦

（6）

蓝的天，像在清水中洗濯三遍的蓝色玻璃。玻璃破裂，蓝色，仍在清澈的水里。而大小的湖，则是破裂的数块蓝天，分散着停驻高原。湖，因为切近的大地原色的衬托，比天来得更蓝。

山顶的厚雪之瀑倾泻下来，遂又凝固。仿佛下探身子的一条磅礴雪龙，瞬间，又被施受了定身之术。

无边无际的蓝天底下，是荒瘠的土红色的雄伟之山。蓝。红。如此简单。这时候，一朵白云，一朵孤零零的、浓郁的白云，慢慢地，从红山背后翻越了上来。蓝天之下，红山之上，这朵白云，沉思着踱步。

——自然壮且美，但是相对人的生存而言，自然又是如此酷且烈。

（7）

大门幽暗入口处巨大金属经轮的某些部位，已经被无数的人手摸得细腻光亮。阔大旧红的寺门上方，悬挂着大幅黑底白图的法轮布幔。门前的小块广场上，挤满了匍匐磕头的虔敬信众。从巨型经轮处的偏门入寺，是盛满上午太阳光的一方庭院。庭院的年代肯定久远，因为不规则的铺地青石的磨损程度，已经远甚于入口处的金属转经轮。清洌的阳光从寺院上空斜着打下来，庭院走廊上，一根根古老方柱投布在地的阴影，粗长、漆黑。然后，就进入寺院真正的、非露天的内部：内庭。由庭院而内庭，就好像从白昼步入夜晚，光线低暗，灯火摇曳。整个内庭呈现为一个方形的建筑格局，围绕着内庭和内庭上的觉康佛殿，是一圈室内的转经廊道，顺时针依次还有欢喜堂、无量光堂、药师堂、观音堂、弥勒堂、无量光堂、释迦牟尼殿、弥勒法轮堂、狮子吼堂、菩萨王眷属堂、弥勒四处堂，南门有镜堂、富贵堂、无量寿九尊堂、三种寿命堂、意愿堂。我的身边，全是随着队伍缓慢前移的礼佛者。队伍是超出想象的长，前部在朦胧内庭的灯火转经廊道上蜿蜒，慢慢漫溢至太阳的庭院、有巨型经轮的寺门入口，最后才能看见已在寺前大广场上的队伍之尾。礼佛者男女皆有，其中有许多属青壮年。人人都手拎或怀抱了不同大小、各种花色的热水瓶，里面灌满了敬佛的酥油。寺院的核心当然属于内庭，内庭虽然体量很大，但由于并置那么多的佛殿佛堂，空中又悬满了长短不一的各色帐幔，再加上如此数量的人众，因此空间显得尤其局促、拥挤。觉康佛殿前，数十位穿绛红僧服的僧人，跏趺而坐，低声诵经。每一尊佛像之前，成排的铜质酥油灯内都在闪烁火苗，礼佛的人们虔诚地往每一盏稍浅的灯内添加酥油，有的还向佛敬献那种内地已不多见的小面额纸币。成百上千盏酥油灯的火苗，在幽暗内庭晃漾不停，因此，寺院最深处的一切，包括：杂沓的脚步，阴影或光明中表情各异的金色佛脸，嗡嗡如水流的诵经之声，褪去艳丽却仍存浓烈的彩色壁画，柱础的遥远冰冷，火苗的现世温暖……都似乎于晃漾的火影中，在尽情溶解；最后，所有这一切，又集聚成一股镀了酥油润腻的猛烈气旋，在局促的寺内无声奔突，不由分说地，汇入从古以来的、人的呼吸。

（8）

再次写到布达拉宫。布达拉宫从历史和整体而观，是一盏灯，一盏暗红耀目的宫殿之灯。在雪域漫长寒冷的黑夜，这盏古老的宫殿红灯，便冉冉上升，到一定高度就凝定不动。这时候，睡眠的婴儿会感觉温暖，连最遥远的雪山之顶，都能承受到它一抹温柔的红晕。

布达拉宫之灯，在不为我们所知的时候，上升，或者缓缓降落。布达拉宫之灯，在夜晚，映红了那片亘古的夜空。

（9）

窗玻璃明亮，只有窗框粗斜的阴影，投布在靠窗的洁净长方木桌上。二楼的房间有近乎弧形的折角。同样弧形的一圈室内窗台很宽，靠着窗框，窗台上竖着若干小幅的镜框画作，还间隔放有金属的矮圆花瓶，瓶里插满的新鲜黄艳草花，和我在布达拉宫外面的地摊上所见的一样好看。阔大的木头椅子搬开时感觉十分沉重，因而坐着也放心稳固。这里是一间面积不大却很有名气的藏式餐吧。

坐在这里，我目睹过暮前窗下熙攘的人群和远处清冷的群山；也长久地注视过深夜雨后，泛着深青色雨光的寂寞石头街道。

我热爱这里青稞酒的味道。深凉，甘洌，在窗外藏蓝的弧形星空护佑下，酒，似乎不会醉人。

桌上铜盏酥油灯的小朵火焰，总是飘忽；有流苏的宫灯般的悬挂红灯，则将红晕浸染了整个空间。土黄的店内墙壁，让人一瞬有身在寺庙的感觉。墙上挂着的两幅凡·高风格的油画（一张画此店的建筑，一张画布达拉宫），于我有特别的相通之感。

人很多。喧杂。尤其是在夜晚。有壁毯、神像、座钟、老照片、食物香气、奇形怪状的古器、深红酒架，以及流动藏乐的两层的空间内，汇聚有各种颜色的眼睛和皮肤。也许是地处世界的僻远之域，奇异地，从远方到此的人们，都会自然而然地解开束缚，这个餐吧内几十本用粗糙藏纸手工装订的笔记本上，竟然存留了如此之多到此一驻的动人心灵。我随手翻到的几段是：

"刚刚跟第一次爱的人分手，走过了青海湖，走过了鸣沙山，走过了可可西里无人区，走过了布达拉宫，可是还忘不了他。也许忘记一个人真的需要很久很久。"

"今天所做的事，就是想你和呼吸。"

"在通天河时，幸运地发现了三江源碑，了了一个心愿。在

100

玉树看了传说中世界上最帅的男子——康巴汉子。我知道我决定要做的事没人拦得了我，除了我自己。于是我一一实现了自己心中的小小的心愿。辗转来了拉萨，第一天就喜欢上了这个地方，是真的喜欢。虽然目前只去了布达拉宫、色拉寺、哲蚌寺、大昭寺，但短短的三天时间，遇到了一个叫汤霞霞的女孩子，一下子我们就成了朋友。"

"我终于实现了多年的一个心愿，和老妈一起来到了这里！"

"行走，我的简单生活。这个地方是我遥遥路程中的难忘驿站。窗外的夜幕，闪烁的酥油灯，令我体悟到人生边底最温馨的成分。"

…………

读着这些字迹不一、墨色各异的文字，人世深处那些陌生却诚挚的面孔，便会渐渐地，浮来眼前。

（10）

我崇敬并由衷欢喜那座遥远、空旷的佛寺。

错落的僧舍沿坡而建，占地极大。茂密大树、石铺的凹陷坡道、幽深经堂、佛殿、曲折的屋巷，遍布其间。然而，整座寺院却绝不壅塞，大自然和植物的新鲜空气，疏朗往来。

蓝天和低浮白云的下午，寺院内部到处都是强烈的光与影。强烈的、几何图形的光与影。我想到荷兰画家蒙德里安的画作。

到处都是的，还有鲜花，随意僧舍的僻静墙角和高处窗台，到处都是恣肆开放的喜悦鲜花。

白。黑。红。金。依托着淡青山脉的寺院内的色彩。

入寺的时候，遇见那位端着盆子、举步缓慢的绛红老年僧人，他朝我微笑；最后离开的时候，又在寺内某处的一段矮墙上，遇见正在闲坐休憩的他，他朝我微笑。

绛红的老年僧人的微笑，成为我的记忆，成为珍贵记忆中这座古老佛寺馈赠给我的永恒表情。

（11）

地球上真正的山川，无不给人生以深刻启示。

在西藏，我所经历或遥远目睹的雄浑山脉，无不单纯、宽广、谦逊、缄默，但同时，谁都又能看出，它们内在所拥有的伟大、自信和结实力量。

我渴望这样的启示之力，灌注自己的身心。

（12）

我安睡于西藏的星空底下。黑蓝的星群在屋顶上旋转，散发出青稞和藏红花的逼真气息。现代文明元素的狞厉涉足，并未能撼伤这块高原自给自足的古老强劲气场。由雪峰、峡谷、牧场、奔腾的大河、宗教，以及土著人民的野生呼吸汇融而成的强劲气场，坚实地关照并承托了我的睡眠。

我幻然而视，一个孩子，也可能是一个佛陀，从低处跃上了祁连山脉，然后，这个灵活的身影，在祁连山脉、昆仑山脉、唐古拉山脉、冈底斯山脉、喜马拉雅山脉之间，轻巧地跳来蹦去，一派天真，充满喜悦。

　　这是地球藏着的圣地。这是显示奇迹的乐园。这是如此似曾相识却又永远无法抵达的故乡。这是梦境。

偶遇

喂，前面的人小心点啊，那个毯子里包裹的是电视机，不能坐的！谢谢啊！

你也是刚下火车？你是江苏人？那和我来的地方很近。我是昨天从上海乘火车回来的，抱了这么大的电视机，一整晚火车上把人挤坏了！

对，我就是这边的人，这趟中巴车到金溪，我再转车回家。

你现在去我老家的那个镇？那个很破的乡下有什么好玩的？！应该到上海、南昌那种大城市去，那里才好玩！

我在上海做水果生意，这次老婆要生孩子了，所以回来看看。我有很多老乡都在上海做水果生意。我不小了，今年二十二岁了！我老婆原先也在上海和我一起做生意，因为要生孩子，所以她提前回了老家，在老家生孩子总归要方便一点，钱也花得少。这次买一台电视机回来，可以让老婆在家看看。在上海买电视机好像要放心一点，所以麻烦归麻烦，还是买了带回来，你看我用旧毯子包裹好后，就不怕小碰小撞了。

我父母也在上海打工。我是家里最小的，上面还有一个哥哥和一个姐姐，他们也全部不在老家。我哥今年二十七岁，他在浙江乐清打工；我姐二十五岁，她在深圳打工。我们村里早就没有年轻人了——除了实在走不开的，现在还有谁愿意待在家里？！

沪

黑暗永远大于璀璨。迷宫之域。人类无限膨胀的聚居之城。
环绕、纠缠、盘旋的城中道路，或凌空飞架，或俯居于地，像
疯狂的血管和肠管，输送着血液、欲望、营养、垃圾或生死。
道路之外的黑暗里，全是喘息拥挤接胸贴背的楼厦，有着深深
忧郁神情的夜城楼厦。在你个人的强烈感受中，这些年代不一、
高矮各异的楼厦森林，早已自觉获得了某种魔性，它们默默生
长，僵硬挤立，麻木俯视浑身不顾微小的人类，在它们躯体内
部的出现、移动或消失，只在极瞬间的时刻，才偶尔扭动一下
古老生锈的身子。认真注视，在近旁太平洋的午夜镜子里，会
出现这座魔幻东方之城的倒影：无法数清的一小格一小格灯火
拼接而成的蜂巢；不过从整体而言，显示的，仍然是一张巨大、
忧郁的幽暗面容。

你进入过它局部的璀璨空间。

A. 餐厅。在灯火的幻彩之间，你和等候你多时的朋友，走进某座圆形的、像多色蛋糕的高楼内部。中空，四周是一层层的环形楼廊。落座，洁白桌布上的银质餐具在发出冷寂的高光。眼光向下，可以俯瞰到极低处大理石泛射光线的大堂内，有细小鲜艳的人流。黑色短裙白色衬衫的侍女。接近于无声地引领你到洗手间。她有着类似银质餐具的皮肤和神情。音乐低旋。点单的女服务员的手臂，令人惊讶地润长。她礼貌却漠然的面容中，只有眼睛，像两点灵动的黑漆。

B. 商业街区。露天的电子大屏幕正在播放一部最新外国电影的片花。音响激烈。杀伐。中国南方水稻成熟的沉郁场景。死亡与胴体。【阿玛尼（ARMANI）】街道和百货商厦似乎有众多隐秘的通道相连。爆米花和烤红肠的灼热气味在局部形成浓厚的小小云团。【古驰（GUCCI）】局促的金属电梯间因为光洁，所以具有了镜子的某种特性，因而使得内部上升或下降的人数成倍增加。【施华洛世奇（SWAROVSKI）】只有宽敞的电动手扶梯，成稳不变，载着表情各异的人，好像可以直达物质天堂。【兰蔻（LANCOME）】深黑的咖啡倾入白瓷杯时，会有微小的激荡；细细的钢匙无意间撞击杯壁的刹那，声音，如此低，如此清脆。【路易·威登（LOUIS VUITTON）】就要落尽叶子的法国梧桐旁边，一位黑头发的男子和一位金色头发的女性，在深情拥吻，旁若无人。【三宅一生（ISSEY MIYAKE）】有温度和没有温度的服装模特，互相模仿，是多么逼真，在很多场合你几乎无法区分。【迪奥（DIOR）】衣裳散发香气，霓裳隐显舞影。【劳力士（ROLEX）】夜晚在这里的人类看来无比光明。这么多的人脸处于巨幅玻璃的深处。灯影猩红，像广告女星的炫耀艳唇。【香奈儿（CHANEL）】奶油、冰块、甜筒、巧克力、冰激凌、橙汁。【范思哲（VERSACE）】甜蜜的楼厦，甜蜜的灯火。地铁驶过有轻微的震颤。【芝华士（CHIVAS）】无数的点钞机在歌唱。无数的点钞机从来没有停止过它们流畅、欢乐、欲壑难填的昼夜歌唱。

C.汽车制造公司。这是深藏于千万人口的都市内部一个近乎封闭的空间。架于半空的参观廊道，始终追随着巨长、复杂的生产流水线。触目皆是汽车的肢体，连视线里，充满的也全是汽车肢体的逼人气息：科技的涩，切割后金属的腥。漫长的工业流水线上已经很少能见到工人，只有各种长度、功能不一的机器手臂，在单调重复、不知疲倦地劳作。所有钢铁的、塑料的、橡胶的汽车肢体拼装完成，一只人工的甲虫，便从这封闭的巢穴中拱土而出，开始在人类的世界里滚动奔跑。最终，这只饱经沧桑的甲虫会因衰老而停歇下来，复归为钢铁的、塑料的、橡胶的垃圾。

D.摩天大厦顶层。人类向上欲望的展示。说不出颜色的云在幕墙外流转。恍惚间，大地和城市是倾斜的。目睹地球的伤口。

E. 电视直播间。最初需要刷卡进入。你无意去听那位牛仔衫裤、干练、杂生白发的传媒领导的礼貌介绍。你的强烈感觉是进入了一座微型的原始丛林。不规则的空间内，横七竖八、上天入地、粗细各异的电线电缆，是丛林间牵连疯长的藤蔓；纵横的钢铁支架，像茂盛发达的大树枝柯；所有的机器和大小屏幕都在闪烁光影，这些一刻不停的彩色光影，如此接近于丛林中幽暗的朝霞和晚云。而角落里那位似曾相识的疲倦女主持，则是活命于丛林间美艳的母性动物。她正在慵懒地喝水，那种牌子叫作"依云"的小号瓶装水。

F. 磁悬浮列车。非常宽敞。悬浮中飞驰。时速 430 公里。在这种交通工具内前进，等同时间的缓慢和延长。因为用的是减速玻璃，所以车外的建筑和人像，并不因飞驰而模糊。

G. 剧院。马友友。柏林爱乐乐团。巨幅招贴画。给你最大震撼的是一排排向舞台倾斜的红色座椅。幻视之中，那是血浪，一道向前奔泻的血之波浪。

报纸的一段摘抄："到哪里去看大都市上海？今年 8 月 30 日正式对外开放的世界最高（楼高 101 层，492 米）的超高层综合大厦上海环球金融中心将是新的去处。当乘坐不到两分钟的电梯上到 100 层的观光天阁（高达 474 米）的悬空观光长廊时，可以平视到东方明珠的尖顶，而金茂大厦的屋顶就在脚下，整个过程是一种奇妙的感觉，非常舒适、轻松，而毫不觉察到这幕后其实是多么高难度的工程。97层的观光厅带有开放式的玻璃顶棚，天顶可向两边滑动打开，让游客体验到真实的高空。这幢世界最高楼从一开始就有着诸多热议：从顶部圆形风洞到倒梯形，再到现在的'劳伦斯魔咒'，所谓'高楼建成之日，即是市场衰退之时'。不过，森大厦株式会社社长森稔在记者会上这样说：'原本打算2001年竣工的，结果要拖到2008年。但这不是单纯的工期延长，上海环球金融中心在睡梦中也在成长。'"

你在夜色里这座城市著名的河流之上。通往大海的河流。被楼厦森林夹住的通往大海之河。无论在哪个位置，都能看见那个矗立的尖塔。它的体内，已经注满了熠熠闪耀的五彩药液。尖塔的巨针，挺立着，就要给谁注射什么功效的世纪之药？

巨型喷气式飞机起飞。机翼下"海鸥"般展翅欲飞的机场，由一个生于1938年的法国人设计。你读过他的被翻译成中文，并在这个东方城市出版的书《记忆的群岛》。"雨滴从黄昏酝酿风暴的云层里解脱出来，击打在温热的大地上……我会在令人眩晕的灰色的铅与蓝色的氧的混合中不可避免地窒息。"这个前额荒芜、有着瘦削长脸的老人在书中叙说。巨型的钢铁飞机升空。你又一次看见大海。黎明前的大海朦胧不清，有着与黑夜里这座巨城同样的，忧郁神情。

沪

东坡词

在鄂地黄州之夜，心中默念东坡词一首，感慨系之。此词名为《临江仙·夜归临皋》，全词如下：

夜饮东坡醒复醉，归来仿佛三更。家童鼻息已雷鸣。敲门都不应，倚杖听江声。

长恨此身非我有，何时忘却营营！夜阑风静縠纹平。小舟从此逝，江海寄余生。

900多年前，这位晚年曾想在我的出生地——江苏宜兴（古称"阳羡"）"买田归老"的四川诗人，于黄州贬所与客醉饮之后，深夜回到城南江边的住地临皋亭。江面际天，风露浩然。家童早已鼾声如雷，敲门不应。诗人倚杖静立，黑暗里身旁的长江，隐然有涌流之声。

宦途。劳碌。奔走。早生华发。困顿不顺。饱经沧桑。在这样的深夜，在世界沉沉睡去的深夜，宇宙间唯有"倚杖听江声"的斯人独醒。堆垒心头的复杂人生况味，已不愿过多诉说，只以寥寥数言交代。彼时彼刻，中国知识者的一种典型文化心理又一次得到呈现："长恨此身非我有，何时忘却营营……小舟从此逝，江海寄余生。"或者，是这样的表述："世皆混浊，莫如渔樵。"

"临江仙"，如此贴切于词中内容的词牌。文字神奇，仔细并且缓慢地默念此词数遍，你甚至能够潜入这位遥远古人的身体，体验到一瞬间东坡的血流、呼吸和精神情状。

一家人

是中国各地似乎都有的"福建沙县小吃店"。狭小油腻的门面，被夹挤在农贸市场马路对面同样狭小的馒头店和兰州拉面店之间。今夜，我就在这个旅途中的县城过夜。漫无目的地逛完大半个小城之后，天暗下来，我进入这家小吃店，随便解决我的晚饭。

五张青白色的二人简易小桌子，挤在长条形的店堂里。地上随处是揉皱的劣质彩色餐巾纸和使用过的一次性粗糙小木筷子。店门口的两只小炉子上热气腾腾，在炖煮着什么。这个夫妻档店里的客人，除了刚进来的我之外，还有两大两小四个人，他们间或说着和此地土著不一样的方言，一看就知道这是一家人。他们坐在最靠门口的一前一后两张桌子旁。丈夫，那个穿着偏大蓝外衣、小个子的男人，一人坐前面的桌子，桌上一只残剩赤红辣油的空盘子和一双扔弃的筷子，表明他已经吃完。他坐在那里，从外衣口袋里摸出一包已经压瘪，看得出只剩几根的纸烟，抽出一根，一番摸索后，谦恭地站起来，问炉子旁的老板讨了火点着，深深地吸一口后，又坐了下来。他身后的小桌旁边，坐着两个孩子和他们的母亲。他们都在吃炒粉丝。尽管脸色倦瘁，束扎的头发有些干黄零乱，吃粉丝的母亲仍然看得出是那么年轻。坐在她对面埋头拨吃粉丝的男孩，是四五岁的样子；紧挨母亲身旁的小女孩，估计刚会蹒跚走路。母亲盘子里的粉丝还有一小半，她拿着筷子，总是时时停下自己吃的动作，把在灰褐的粉丝和青色的韭菜叶间偶尔发现到的细小肉丝，这一根，搛到儿子的小碗里，下一根，搛到女儿的小碗里……

他们走出小吃店的时候，我也吃好付完了钱。店外的街路两边，像变戏法似的，突然冒出了那么多夜间出没的临时摊贩。人车混行的路中间，小个子的父亲让女儿骑在了他的肩上；年轻倦瘁的母亲则驮起结实的儿子。走在前面的父亲逗着女儿，女儿咯咯直笑，因为兴奋而在空中左右晃动身体，于是父亲也跟着故意直晃身体。驮着儿子的母亲，被一辆黄鱼车上花花绿绿的袜子吸引，禁不住停下来，翻看，拣找；前面让女儿骑着的父亲回头看见了，便也驻足，耐心等待着后面的妻子和儿子。

在这陌生县城的夜幕街头，我没来由地长久站着，就这样，怔怔地看着这一家人，慢慢地，消逝在街巷和嘈杂人群的深处。

夜行

　　很浓的暮色，渐渐地浸暗狭窄却空荡的山间公路。中巴车像一条疲倦至极的铁鱼，却依然左旋右转着，奋力向前"游泳"。这是在福建省，从明溪县往将乐县的途中。汽车喘息着爬过山岭的最高处时，突然出现的细雨浓雾，就从原始茂密的树林中涌出，既而不由分说地从关不紧的车窗挤进车内。司机低低念了句什么。旁边有人说这里就是怪，山下都好好的，上到这里往往就会刮风、下雨、起雾，上辈人讲这里打过大仗，死了很多很多人。突然的浓雾，仿佛战争中死去而至今未安的成群灵魂？

　　下岭，天完全黑了。中巴车含混的大灯照向前方，可以看清山路两旁高直的护道树。树的基部，全部新刷了过冬防虫的白石灰；由于路窄，两旁高直的树搭成了穹形。中巴就在这下白上黑的山间穹形通道内驶行，让人感觉如在一个奇异的梦境。只有偶尔的一两棵树，会站出行列，汽车毫不迟疑地越过它们，就好像是越过孤独的山中夜行人。

三岔路口来临的乡镇叫白莲。开了一半门的"客家小食"店门前，两辆满载木材、沾满泥浆的超长卡车，粗野停放着，占了大半幅路面。中巴车只得小心避让着前行。除此，好像还有一家卖烟酒的杂货店，朝门外倾泼着混浊灯光，为这个荒僻的乡镇增加了一点点人气。

载客的中巴车穿镇而过。又是黑暗的山路与树。又是下白上黑的树木穹道。奇异的梦境在持续。前面有车抛锚了，山路中间，零零落落站了一圈黑暗的身影。两车的司机是熟识的。于是，我们的中巴车停下，黑暗的身影和物品费力挤进车来。关门。愈加沉重的车子重新喘息着开动。司机旁边的发动机厢盖上，新增了两只庞大的纸质烟箱。头发染黄，挤坐在小凳上的烟箱主人，点燃了他上车后的第一根烟。戴金耳环的老太，因为晕车而发出的干呕声变得更加剧烈。有人被刚才停车暂时打断了的鼾声，此刻又重新接上。只有左前方的那个姑娘，将包揽在怀里，始终是不变的沉默和警觉表情。我身旁坐着的，是一对探访了乡下的爷爷奶奶返回县城的父子。年轻的父亲正和儿子讨论晚餐问题，等会儿下车后，是回家吃还是在外面吃，是吃炒面还是吃芋饺。在又一个叫南口的乡镇边上，两个有白化病的乘客要求下车。中巴车上的卖票人向他们指示旅店的方向，并告诉他们如果明早要乘返回车的话，7点前就在这里的路边等。他们，也是如我一样的旅人。

漫长的隧道，像巨鱼张开的口腔，在吞食我们乘坐的这条疲倦铁鱼。更加深浓的黑暗。含混的车灯只是更加增添了这一片黑暗的深浓。终于，中巴车挣脱并游出了像巨鱼的隧道。似乎是在拐了个弯后，突然，前面的低处，醒目地燃烧有一片繁密细致的艳红灯火。

黑夜山间宽阔的溪河边，这是来临的又一小块人类聚居地——将乐县城，到了。

地震一页

因为四川大地震，所以，2008年5月的中国，是黑色的。

5月12日大地震过去两周后，我在成都，依然遭逢了一场6级余震的波及。当时，人在室内，大脑有片刻的晕眩。后来去绵阳。下面这个发生在这场地震中的人间悲剧，来自友人《绵阳晚报》社记者贺小晴的叙说。

陆世华是5月12日早上从上海回来，在绵阳下的火车。上火车前，他就和在北川中学高一（2）班读书的女儿陆芳约好，12日中午一起吃饭。

女儿是陆世华的生命。16年前，就因为生这个女儿，妻子在片口镇老家的妇幼保健院难产去世。16年来，他和女儿的奶奶一起，艰难地将女儿拉扯成人。为了不让女儿受委屈，陆世华没有再娶；也为了更好地监护照顾女儿，作为一个小包工头，索性连工程也不做了。

陆世华是欣慰和幸福的，因为女儿不但听话懂事，学习成绩还特别出色。在片口镇中学读完初中，参加绵阳全市的统一考试，女儿以绝对优秀的成绩，超过了在四川全省乃至全国都赫赫有名的绵阳中学和南山中学的"国重线"（国家级重点高中的录取分数线）。陆芳升上高中后，母校片口中学的老师，还一直都以她作为教育、激励学生的榜样。

不过，最终陆芳没有选择到绵阳读高中，而是留在了北川中学——这是因为北川中学刘校长的诚挚挽留。刘校长的儿子刘清林，同样以绝对优秀的成绩考上了"国重"，但也没有走。刘校长对陆世华说："我把自己的儿子都留在了这里，我能不尽力吗？"

陆世华相信刘校长，相信他的为人，也相信他的真诚。再说，女儿留在北川读书，离家近，爱女如命的他可以经常看到女儿；还有，如果到绵阳上高中，昂贵的费用对于这样一个既当爹又当妈的男人来说，实在有些难以承受。

女儿陆芳就这样留在了北川中学，并进了"火箭班"。父女俩感情极深，每个星期都通一次电话。之前的那个星期天，出差到上海的陆世华与女儿通电话，女儿问他什么时候回来，声音十分凄楚可怜。陆世华当即决定尽快回来。临上火车前，与女儿约好，回来的那天中午，父女俩一起吃午饭。

5月12日中午11点半，陆世华带着水果和一包卤牛肉，早早等在北川中学的校门口。12点10分，久别的父女俩终于开心见面。成绩优秀的女儿还是那么朴素，脚上穿着的，是奶奶给她做的布鞋。父女俩一起乘车到五公里之外的北川县城吃午饭。吃好饭，又一起去车站买票告别。两张车票是连续打印的，一张去北川的片口，一张回北川中学。陆世华的车票在下面，编号为251070710295；齿轮的上端，便是女儿陆芳的车票，编号应该是251070710294。

看着女儿上了开往北川中学方向的中巴，陆世华也跨上了另一辆开往片口的车。也许是潜意识里有某种预感，上车之后，陆世华突然感觉头晕，当即便退下车来，重新返回候车室，昏沉沉地睡去。

大地震就是在那时候发生的。

等陆世华从天崩地裂中冲出来，赶到北川中学，女儿所在的那幢教学楼已经倒塌，化为废墟。

女儿坐在第二排，他记得很清楚。多少次来看女儿，去的都是那个方向。陆世华腿脚发软不顾一切朝那个废墟奔去，一路跌撞，一路喊叫。

满目之下，都是被断裂的横梁、水泥楼板压着的学生。有个名叫周凤还是杜凤的，腿被压没了。她是女儿的同学，也是考上"国重"的。女儿的班上，都是最好的学生，十几个考上"国重"。

从那一刻开始，陆世华就一直在废墟里刨，直到筋疲力尽。

人力无法再刨下去，他就守在那里，不肯离开。偶尔，会到停放尸体的地方去查看。那里面，有女儿最喜欢的简老师的女儿。

5月16日早上6点多，女儿陆芳被抬了出来。父亲首先看见的是那身衣服，还是分别时的样子。特别是那双布鞋，那是奶奶为她做的。除此之外，女儿的面容已经很难辨认，肚子浮肿，手脚严重弯曲。父亲想为女儿换身衣服，可是没有办法，只好将路边的一床被子，扯出被芯，用被单将女儿裹住。

他最后一次抚摸了女儿的脚。那双穿着布鞋的脚。布鞋里，奶奶的牵挂，父亲的爱，比麻线还要绵长。穿着这双布鞋上路，女儿也许能以轻快些的脚步，走向天堂。

喷吐瓷剑的灵地

中国南方的暗夜里，瓷与剑，都有着如琴筝般的激越清音。在龙泉，闪烁毫光的瓷、剑，它们激越的清音，尤其让人警醒，切近耳目与心灵。

瓷与剑，我理解中的南方精神的代表物。首先，它们都是如此洁净、精致。莹润似玉的青瓷，"异光花纹"的剑刃，皆是一尘不染，冰清玉洁。其次，它们又激烈、锐利。摔碎的瓷，出匣的剑，它们都嗜血，都以献身的迫切，渴望在素白的绢帛上溅一腔美丽热血——于此，是否隐然可悟我们的海上东邻，日本文化所应该的认祖归宗？最为重要的共同一点，是瓷、剑的生命，都经过了火的最后完成。经由神奇的古老火焰，泥土成瓷，毛铁成剑。熊熊火焰辉耀，低天之下的南方暗夜里，做瓷和铸剑者的脸庞，映显微红。

我所拜访的浙省龙泉，是世界公认的青瓷圣地、宝剑家乡。青瓷与宝剑，两种灵性的器物，像两柱强劲的竖瀑，被龙泉这方钟灵毓秀之地，尽情喷吐。龙泉，有龙潜焉的祥瑞福地。它静静地位于江浙闽赣的高处，万峰丛中的漫溢泉水，分散开流，成为瓯、闽、钱塘著名三江之祖源。我印象深刻的，是午夜龙泉的黑蓝星空。那大颗的星辰，是碎瓷，被撞破摔坏的宋元明清的块块碎瓷；夜空更为遥深处、更为众多的微小星粒，则是锻剑时四处溅射的炽烫火星。

　　碎瓷和剑火的龙泉星空底下，我目睹到酣睡者，他们，是我虽然初识却熟悉已久的山林、城镇，是呓语的人民，是无处不在的散乱江泉。那些涌流于黑暗间的雪白山泉，在凝视里，正炫示一种让我秘密激动的灼热梦境。

龙泉青瓷遗址

渡海

近陆太平洋的水波激荡浑黄，像眼前往来的亚洲人群的皮肤。低声喘息着的客车、轿车、面包车、大型集装箱车，在那个被海边太阳晒黑脸庞的工作人员的导引下，颠簸着缓缓驶进巨大驳轮的底舱。

被塞满了钢铁甲虫的底舱，局促潮湿，散发着海水和陈旧尿液的强烈气味。按照规定，人员必须全部下车，上到驳轮上层的旅客舱位。在车辆和舱壁形成的缝隙间侧身通过，进入一处小门，再登又狭又高的涂了红漆的铁质楼梯，便到达视野开阔的驳轮上层。上层宽敞的通舱内，有成排的蓝色硬塑料座椅，还有卖吃食饮料的柜台。但我还是更愿意站在船舷，因为这里有风，虽然从海上吹过来的风，湿，并且腥，但在闷热的暑夏，毕竟让人感觉凉爽。

驳轮启动，强劲的动力让整艘轮船像一座岛屿，驶离海岸，向海中漂移。这里是东海，也即是近陆的太平洋。船舷处的扶手，由于被人的躯体、衣裳、手臂、手掌触摸得太多太久，已经全部泛出银质的金属内部的光亮。大海在晃动。身后有人群在杂沓走动。我倚靠着肘下冰凉滑腻的杆形支撑物，在漂移中注视此刻容我置身的大海。太平洋，地球表面浩瀚的蓝色巨液。即使眼前的大海仍然是浑黄的，但我心中，是如此真切地感受到那一种幻晃着的原始深蓝。

　　岛上的初夜充满急雨。暗黑窗外不时亮起的迅疾闪电，在深夜的海天之上，书写着我来不及辨认的字迹。粗长、断续的雨线，在闪电亮炫的瞬间，显现和傍晚渡轮扶手相似的银质光亮。我又想起在陌生的岛上读到的那行句子："我曾站在船上良久，看被绿色包裹的舟山的海面，孤独哀伤。"有着永恒孤独和哀伤的大海，现在波涌着，在催促夜醒者的睡眠。

向着暮夜的宁国

由苏入皖。过广德县城之后，秋天的暮色便缓缓降临下来。起伏的山间公路干净、僻静。偶尔，近处山坳板栗林间升起的一两缕淡青色的晚饭炊烟，让人又一次省悟，人世的每一个普通日子，原来竟这么温暖。注视窗外，我默念并想象一路经过的地名。"柏垫"。用含香的柏木垫起的是什么？一顶高桥？一座乡神安居的素朴寺庙？"杨滩"。种植大片杨树的清澈溪滩？"长虹铺"。这是世界上最为独特的商铺，它出售的商品，是斑斓长虹……暮色浓重，夹道的竹林愈加深郁。秋凉持续地透进行驶中的长途客车内。疲倦却依然亢奋的客车终于离开公路，费力爬上右侧的一条狭窄小道。我知道，前方，群山丛中有着万家灯火的微小山城，来临了。

这是我已然熟悉的皖东南山城。我热爱灯火含混的河沥溪老街。我热爱半掩上门，蒙尘的纸质酒箱堆满店门内外的烟酒小店。我热爱夜色里回家的自行车上一对父女的背影。我热爱巷弄深处散发的炒粉丝和"锅子"香味。我热爱树木阴影底下那个等待载客的孤独摩托车手。我热爱西津河边的月光和流水之声。我热爱午夜坡度很高的街道和火焰炽红的露天夜排档内热烈饮酒的不归人。——20年前，我就第一次独自品尝过这座山城黎明前的黑暗滋味。20年。小小的沧桑。一切都已变化，一切，又还是似曾相识。

宁国，宁静而又祥瑞的国度。我更为清晰的，当然是它"山朗川秀"的白昼。"县治平衍，诸山森列于外，有献翠拱碧之状，层峦叠峰，飞舞翱翔而至。"（《宁国县志》）这里，还是神龙游走、憩息之国。我惊讶于它的境域之内，居然"居停"了那么多的中国神兽：虬龙、青龙湾、龙阁、大龙、倒骑龙……除了龙，这里还充满了霞，霞西、仙霞、霞庄，四季都静涌着烂漫的朝霞和晚霞。蛟龙出没于彩霞，这是宁国呈现于世的图景，昭示吉祥、属于东方的图景。

总是惦记并念想生活于这座山城的朋友。华。尊敬的兄长。出色的作家和地方史专家。"城市的巨大阴影已经投射入乡村的土地了"，他的心中，忧患萦绕。他以自己诚实的勤勉和人格之力，维护、承继并创造着一方的地域文化。高。一位遗落民间

129

岩石上的树影

的优秀诗人。我们的见面总是匆促。在每个人必须面对的艰难生存面前，他强烈的尊严底线让我钦敬。"文章憎命达"，我们两人某次早餐时，我记得他引用过这句话。帅。我的年轻的兄弟。姓如其人，率真，大度，才华勃发却从不夸饰。我们不常联系，但每次相见，一份无须言语的默契存焉。文。"为什么而微笑，而忧伤，而活着，而孤注一掷？"她可以骄傲于对生活的不曾妥协。孤独，爱，以及血肉中的理想之光，酿制着一个人的命运药方，并最终成就她挺立于流俗之上的精神魅力。韩。日常和内心，她拥有两种生活。"一座小城的内部，火焰正在慢慢贴近泥土"，她的超视能力异于寻常。她用语词之丝，为自己编织洁净之茧，同时又矜持着，拒绝破茧为蝶。她安静，似乎崇尚缄默，但他们知道，她洞晓所有。这些朋友像湍急的山溪和林间的道路，沿着他们，我正见识着这座皖东南之城越来越多的亲切风景和面容。

广场、大道、开发区、鲜艳色彩的桥梁、如笋般争先恐后长出的现代高楼，世界的热力蔓延于此。但是，这是一座依然能够听到竹林风声和溪涧水声的山城，群山的青色气息，依然，可以拂动于每一个窗口。

多年以来，乘坐长途公共汽车，我几乎从所有不同的方位进入过这座山城：从西北的宣城，从东北的广德，从西南的绩溪，从东南的临安。宁国，于我私人而言，奇异地，正在由一个过往的站点，渐渐变为一个归来的地方。

是的，每当秋冬的暮夜，作为一名旅人接近这座山城的时候，内心慢慢涌满的，总是那种秘密的、归乡的温暖。

金华点滴

穿过婺州公园的树林后突然看见的婺江，江流湍急且江水颇清。这条汇集了义乌（唐代骆宾王的故乡）和武义（南宋吕祖谦的讲学地）来水，将金华之城分为江北和江南两域的江水，在感觉里，依然带有强烈的浙地山水的清气。夏午灼热发亮的阳光下，近岸处的江中水草摇曳，穿行其中的灵野游鱼清晰可辨。和为民兄沿江向西漫走，因为看见前面江上横跨有一座桥墩连绵、样貌古老的大石桥。走到近处，果然是座老桥。竖着的石碑上介绍，此桥名叫"通济"，前身为宋代浮桥，历代屡毁屡修，现在的格局为清代所建。

就在辨读石碑之时，风云突变。原来还明亮逼人的8月太阳，似乎瞬息间被乌云严遮，旋风急起，铜板大的一颗颗雨就砸了下来。赶忙到桥洞躲雨。通济桥下这块局促的避雨之地，顿时被挤满：走路的、骑自行车的、开电动车的、推两轮板车的，还有艰难爬行的汽车，还有挑着竹篮刚刚跑进来、全身已然半湿的卖时令鲜果的乡妇。桥洞内有"桥洞饭店"。可能是生计冷清，老板娘模样的那位疲倦的中年女性，仰躺在店门口的竹躺椅上，她对眼前的嘈杂熟视无睹。她的双手上举交会，枕于头下。买了她两瓶矿泉水，为民兄和我进入这个桥洞饭店。

所谓饭店，是在临江的一格桥洞内，用铝合金材料简易搭成。油腻腻的店内摆有两三张圆桌，我们进去之前，只有一个染了黄头发、浑身同样油腻腻的妇女在慢条斯理地擦桌子。她的说话和动作一样，也是慢条斯理。她说这家桥洞饭店已经开了七八年了，她只是这里的服务员，是半途才进来的；以前生意非常好，今年不行了，"可能是受金融危机的影响"；她每顿都要喝点酒，"啤酒、白酒、红酒都行"，老板不喝但是允许她喝，"这里老板人好，不然我早走了"；她早年在嘉兴做过活，嘲讽隔壁的苏州人炒青菜都要放糖……

雨大风骤，阴郁的婺江江面上腾起弥漫的雨雾。临饭店之窗俯身探看，粗巨尖锐的石头桥墩旁，急水回旋，颜色苍青，似有蛟龙要从江中跃起，直飞冲天的预兆。店内悬有一只发了霉的金华火腿；墙壁上还挂了几张金华的老照片，其中一张拍的正是头顶的通济桥。桥面上人黑压压一片，似乎要把人流中间的一辆趴着开不动的老式公共汽车挤抬起来。问黄头发的服务员妇女，她说这是20世纪七八十年代上下班高峰时的通济桥，因为据说那时这座桥是连接金华江北江南的唯一通道。说话间，隔江的南岸上空，一道又粗又直的闪电，将低低的天空烧熔出触目惊心的伤口，然后，淋漓尽致的那一记响雷，好像，已经把整个世界炸裂。

鹿田水库的农历之夜。一个夜晚，恰是月半。晚暮时分，真的是炫耀人眼的月亮，从水库东面黑黑低低的山脊上突然升显。月亮，犹如是遨游于太虚之中的矫健之龙从嘴里临时吐出的夜明珠。凡眼难见神龙，而又亮又圆的月，却光临了此刻此地的山中人间。午夜，在吃饭地方高敞的露台上，几个人各拎了一张椅子坐躺。明月已经运行到头顶。因为月光照耀而半明半晦的薄云明显多了起来。是谁首先发现了，头顶的夜空、月亮和云朵，不知在何时，竟然形成了一个几近完美的、硕大的太极阴阳鱼图！在如此祥瑞的氛围中，座中的一位当地朋友，吐露了内心多年一直没有诉说过的一个症结或故事。童年时她的家乡盛行扶乩。孩子们耳濡目染，对扶乩的程序也大概懂得。那时她家大人常上夜班，家中往往就她一人。一天晚上，她一人在家，几个邻居小伙伴又来找她一起玩。无聊时，这群孩子模仿大人玩起了扶乩的游戏。而且，果真请到了"仙人"。玩累了，伙伴们一哄而散，她也独自睡觉。半夜，她被家中隔壁房间嘈杂的声音吵醒。嘈杂之中，有大群人拆屋的声音，有米缸木盖板掀起又被重重盖下的声音。怎么会这样？幼小的她惊恐至极！她从床上跳下，冲出家门，直向她母亲上夜班的地方疯狂奔去。跑出去时因为惊恐而用尽全力的关门声，甚至惊醒了数家正在睡乡的邻居。次日有人告知，这是由于这群孩子请了"仙人"却没有送走"仙人"而致。于是，她家大人重新虔敬地来过整套的扶乩程序。当夜，拆屋声就已消失，然而，米缸盖板的声音，直到几天后才彻底平静……

山中的夜，因为这个故事而格外寂静。寂静深处，唯有月亮和薄云在明亮夜空中如泠泠溪水般的移动之音。

含苞未放或半放的硕大白荷，让这座东南的古城依然灵动。素白的荷气，似南渡之后李清照独自伤怀的清寂脂粉。这是白。赤松是红。赤松，赤色的松林，奇异的山名。黄大仙宫就坐落在赤松山上——黄。黄大仙宫元机洞前的高敞平地上，可以俯瞰山下如镜如珠的蓝澈水域，洁净而美好的气场浸润于你——闭上眼，可以看见黄大仙，那个昔日的牧羊少年正在这山光水色中骑鹤悠游；元机洞内，那个来自西北的女孩，让我学习到了参拜道宫的手势，独特的、双手组成的阴阳鱼手势。

我还想念此地的北山萝卜。不同于其他地方，因为生长于山顶，温度较山下低寒，所以此地的萝卜盛产于夏季。白胖的长圆萝卜，没有一丝经络，烧什么怎么烧都好吃。想念那户农家的茶，绿茶，茶汤表面还有几缕白菊花瓣。他家的场院上，坐满了人，人们在聚精会神地听着场上便装的男女在唱越剧，贴在他家门口的红纸上的淋漓墨迹写着："热烈欢迎金华业余越剧团的全体高手光临演出。"想念胜利街和婺江边的骨头煲和鲜鱼煲，露天中滚沸着满锅美食的灼热香味。想念见面的当地朋友：周亚、骁锋、伊有喜、张乎、星光、苏梦人、远村、南蛮玉。想念朝真山庄上面梦一般似乎通往夜空的无穷台阶。想念城中古玩街上的那对经营玉器的中年夫妻——朋友的姐姐和姐夫，他们闯荡过世界，现在重新回到故乡，安稳下来。细雨的夏夜里，我品尝过他们亲自熬煮的、富有地方特色的红色甜饮。

金华山中

诟罗游方时，师悬语之曰："若行四方，当值胜妙山水，起塔立寺。花名村，鸟名山，则其地也。"诟罗适行此山下，问田间老父，所居云何？父曰"芙蓉村"。又问山云何？曰"雁山"。诟罗曰："是吾师所语我者，吾于此乎老矣。"入，过四十九盘，结屋谷底，面漱水以居。既没，其徒弟子为立塔庙，是十八寺之萌芽也。诟罗首所开，正得其肺腑。

这位诺诟罗，传说最后就坐化于大龙湫飞瀑之下。

（5）

我观感中的雁荡：深邃、浑庞、灵异、质朴、蓊郁。

始于南北朝，兴于唐，而盛于宋，应该说，雁荡作为名山，开发得已经非常成熟。但奇异的是，进入雁荡，似乎随处，都存有一股让我感到亲切的乡野淳朴之风。

名山雁荡拒斥庙堂，它是硕果仅存的、执拗地属于中国民间的著名风景山水。

顽强在野的雁荡，令我之心，顿时"严恭静正"。

（6）

设若雁荡是人，那么，如佛、如僧、如芙蓉花、如擎天柱的巨岩诸峰，是雁荡的身体骨骼。我印象深刻的雁荡巨骨有：天柱、展旗、合掌、显胜门。在这样一尊"浑然庞伟"的身躯之内，跃动不息的强力心脏，无疑，是大龙湫之水。

大龙湫，为雁荡之心脏。

清代诗人江弢叔的诗句："欲写龙湫难着笔，不游雁荡是虚生"，由沙孟海手书于雁荡入口。那天近暮，坐鱼观兄的汽车从绅坊入雁荡时，这是我首先在实地读到的龙湫和雁荡的句子。

我游大龙湫，是在大雨之中。"雪溅雷怒"，在龙湫飞瀑之侧，我深刻体会到了前贤苏轼用过的这个词语。

当代具体的大龙湫是何情状，两位古人的昔年游历庶几可代我表达。

一是元代雁荡人李孝光："入谷未到五里余，闻大声转出谷中，从者心掉。""山风横射，水飞著人。走入庵避，余沫迸入屋，犹如暴雨至。水下捣大潭，轰然万人鼓也。人相持语，但见口张，不闻作声。"

一是明代徐霞客："复至龙湫，则积雨之后，怒涛倾注，变幻极势，轰雷喷雪，大倍于昨。"

"白龙飞下"。在激动人心的自然景观面前，确实，语词的繁复描绘是苍白无用的，明白了康有为刻在龙湫一旁石壁上的这句大实话。

翁郁深绿的雁荡山中，潜藏有无法数清的银白闪耀之龙——这是雁荡绿色深处粗细不一的万瀑千涧，而大龙湫，当之无愧为群龙之首。次之，为中折瀑；再次之，为小龙湫。

（7）

雁荡骨骼与心脏如上述，而雁荡之精神，则极其类似我所认同的优秀南方男子：谦隐实力，不事外显。

《梦溪笔谈》作者沈括感受过这点："予观雁荡诸峰，皆峭拔险怪，上耸千尺，穿崖巨谷，不类他山，皆包在诸谷中，自岭外望之，都无所见；至巨谷中则森然干霄……"

乡里前辈、中国伟大的旅行家徐霞客入此山中，也顿觉进入了另一重世界："绝壁四合，摩天劈地，曲折而入，如另辟一寰界。"

精华深藏，而从外观之，并不知内里为何种情形。

（8）

观音洞。"九叠危楼洞里藏。"我朝谒过的，嵌于雁荡合掌峰间、气场殊异的一处佛地。

（9）

雁荡北麓，南阁牌楼村。一到此村，心中顿生说不出理由的熟悉与喜欢。立于村口，沿鹅卵石中直街自南而北一字排列的九座明代木石牌楼——世进士、文英、恩光、方伯、尚书、会魁、京兆尹、世大夫、宾贤——立即予人强烈的古朴之感。不唯如此，深入村中后，蔼然的市井烟火气息，更令人心动，沿街的理发铺、小饭馆、南货烟酒店，还有行走或闲坐的一律安详宁静的村民，都在明白地告诉你，这是一座依然活着的原生态古村落。

而章纶，这位耿介节烈的传奇明朝男人，就是由南阁古村贡献的雁荡之子。

在村中"尚书"牌楼边侧"牌坊饭店"内，我向店主人章善任购买了一册由他编订的《天下牌楼第一街》，于此册中，约略知道了南阁章纶的若干故事。

少年苦学。其一，"燃竹夜读"。章纶读书刻苦，常至深夜不肯休息，父母为促使他尽早睡觉，故意少供油烛。于是章纶就燃枯竹，借火光读书。其二，"糖墨不辨"。章纶在村东书堂读书，一天，其母送去三只白米粽子和一碟红糖作为他的午饭。过后，当母亲去收拾碟筷时，只见章纶已双手捧书，伏于书案熟睡，嘴角一片乌黑。母亲仔细一看，那碟红糖原样未动，原来章纶读书入迷，吃粽子时，把砚台的墨汁错当红糖醮着吃了。

不废婚约。章纶二十六岁京试考中会魁，衣锦还乡。此前章纶与同乡乐清虹桥瑶岙朱亮之女订有婚约，不料朱姓小姐因病目盲，其父托人捎信想解除婚约："得报高中，不胜喜悦之心。可惜敝女命薄，因疾目瞽，难作箕帚。前程为重，希另择高门，见谅是幸。"章纶立刻回信，认为"大人此议甚差"，"一切照约而行，请勿置疑为祷"。于是，当年秋天，举行成婚大礼，堂堂进士娶瞎眼姑娘做妻，百里之内传为佳话。

冒死直谏。这是载入明史的事件。明英宗皇帝当年"御驾

144

亲征"败北，被蒙古人俘虏，史称"土木堡之变"。于是其弟意外得了皇位，是为景泰皇帝。后来英宗被释放回朝，景泰遂将兄长幽禁于"南宫"，当所谓的"太上皇"。其后景泰又废原来的太子（英宗儿子）为沂王，换自己的儿子当太子。不幸的是景泰儿子过几年竟然夭折，而他又没有其他儿子可以顶上。可即便如此，景泰还是不肯将储位还给侄儿。这时，性情刚直的章纶尽管官位不高（礼部仪制郎中），还是不顾一切，和御史钟同一起站出来说话了。两人分别上书景泰，请求重立沂王为太子。章纶的奏章叫作《论弥德消灾十四事》，除了太子之事，还说了皇上其他不是。"疏入，帝大怒。时日已暝，宫门闭。乃传旨自门隙中出，立执纶及钟同下诏狱。"严刑拷打，欲置其死。幸好此时北京城里忽然飞沙走石，天昏地暗。景泰恐惧，以为上天示警，才下旨暂停拷掠。隔了1年，景泰愤恨难消，又想起要惩罚他俩，叫人将特制的巨杖送到牢中，命各打一百杖。这回钟同被打死，章纶被打残。最后景泰病倒，"夺门之变"后英宗复位，九死一生的章纶才得以出狱，当上了礼部侍郎。不过此后20年里，他一直停留在侍郎的位置不得升迁，原因很简单：难改直言之习（他自号就叫"戆夫"）。

从章纶身上，似乎可见乐清人性格中的某种倔强之"硬"。这种硬，从外在形式看，此地人多习武，出生乐清南宅的国学大家南怀瑾，年轻尚武；我在乐清结识的东君、孙平、张艺宝诸兄，也都性喜武道。山海之熏，育出乐清人南方式的倔强清俊。"有人已经隔夜无粮了，他也会拍着胸脯说，怕什么？瓦背上还有个青金瓜哪！"（赵乐强语）这就是乐清人。

（10）

雁荡山中，夜读当代雁荡人许宗斌先生的《雁荡山笔记》，顿时钦服。文字典雅爽洁，功力甚深。确实可以接续李孝光《雁山十记》、曾唯《广雁荡山志》，而成为雁荡山之重要文献。

此书序文亦极具识见，序文作者钱志熙先生也是乐清人，现为北大教授。序文中，他对中国五岳的论述，令人耳目一新："最早的五岳，与华夏政权版图是相应的，其体系确定不仅是宗教信仰的结晶地，也是政治行为的产物。我们看五岳名山多在夷夏之交的地方，如泰山控引东夷，华山接壤西戎，衡山临驾南蛮，恒山则与北狄毗邻，一个中原汉民族政权与周边民族之间的关系，隐然呈现于中。"

（11）

山水奥窟的雁荡，也是一座独特巨硕的历史舞台，在这座舞台上，我们可以看见昔时他们的身影：

谢灵运。存诗《从斤竹涧越岭溪行》。

杜审言。大龙湫潭口巨石上，仍存"审言来"石刻。

怀素。在雁荡雪洞抄小乘经典《四十二章经》。

赵宗汉。宋太宗曾孙。曾画《雁山叙别图》。

沈括。"温州雁荡山，天下奇秀。"雁荡最早之广告语，源出沈氏。

王十朋。雁荡为其家山，"浮名夺我林泉趣，不及高僧一味闲"。

朱熹。存其手书"天开图画"石刻。

叶适。南宋永嘉人。曾在乐清雁山寺执教 1 年。

李孝光。有著名的《雁山十记》，长期隐于雁荡山五峰之下。

唐伯虎。1498 年来游雁荡，作有雁荡山水画。

文徵明。游过大龙湫："雁宕高翻百丈泉，奔雷吹雪卷云烟。"

戚继光。当年率部自台州来乐清，途经雁荡盘山岭。

汤显祖。曾在雁荡山中迷路。

徐霞客。三游雁荡，这位伟大旅行家的塑像，留在了灵岩谷口。

黄宗羲。夜宿过雁荡灵岩。

方苞。1743 年中秋前日，来游雁荡。

袁枚。作有著名长诗《观大龙湫》。

阮元。灵岩寺中有其踪："……阮元偕客来游。"

魏源。他到龙湫时，"我来不见水兮惟见烟"。

康有为。"白龙飞下"。大龙湫岩壁。

黄宾虹。雁荡在其毫尖，泉响峰碧。

胡兰成。曾经亡命雁荡，执教于山中学校。

萧乾。写过一万六千字的《雁荡行》。

郭沫若。于雁荡诸景中，郭氏云："我爱中折瀑。"

周瘦鹃。"听风听雨入雁山，二灵端的是灵山。"

郁达夫。仰视过雁荡的一轮秋月。

潘天寿。黄梅雨季中，画过雁荡的万瀑千涧。

苏步青。1961 年 3 月 3 日游过雁荡。

赵朴初。灵岩寺中有其身影："不悔一驰过雁荡，灵岩耐得十年思。"

……………

人影移动。雁荡，以巨大而奇异的虚静，涵纳着他们曾经驻此的目光、呼吸与足音。

吃

浙江丽水。我在黎明时分下了火车。在封闭的移动金属空间内咣当了一夜，下得车来，被清冽的晨风一激，便觉饥肠辘辘。此地只是中转，还要换乘汽车继续南下。反正有的是时间，便准备在丽水城逛一下。不想在嘈杂混乱的火车站外解决早饭，直接乘出租车进城。在车上，我问脸上仍有惺忪睡意的司机师傅，城中哪里有当地人去吃的特色早饭店？师傅回答，那就去吃大馄饨，我正好也没有吃早饭呢！我们丽水的大馄饨是很有名的！好，去吃大馄饨。汽车驶过城市千篇一律的高楼、商厦（尚未开门）、峡谷，转入一条旧街——只有旧街，才有当地的独特气息缓缓散发出来。车在街边一排低矮的老民居前停下来，到了，馄饨店就在民居中的一间。店堂感觉局促，但门口热气腾腾的灶台高大整洁，尤其是台面上一长排装盛作料的不锈钢面盆，给我视觉冲击。这些大盆内，分别装着满满的葱花、猪油、酱油、榨菜丁、蒜泥、辣椒、香醋等。店内摆有三四张小桌子，内里还有一个小间，是正在剁肉和包馄饨的工作间。灶台上，一位中年妇女正在弥漫的热气里熟练操持。此店的馄饨是3元八只或4元十一只。我买4元的。领我来的司机师傅，示意我从一大摞搪瓷大饭盆中自取一只空盆，然后告诉我，这里作料自加，要加什么加多少，一切随意。边说，边往我的空盆里帮着舀了两满勺葱花！我有些诧异，在太湖周边地区吃馄饨，葱蒜只是零星的绿色点缀，而此处绝对是主打作料！身边自加作料的吃馄饨人，都首先在自己的盆中加上满满的几勺碎葱。而且，除灶台上满满一不锈钢盆葱花外，我还发现店堂角落的小桌上，还另有两大盆同样切好的香葱储备在那里。自己配好作料后，就将盆放在灶台面上。不一会儿，十一只滚烫饱满的硕大馄饨（名副其实的丽水"大"馄饨！），下在了我加了各色作料的搪瓷饭盆内，顿时，浓郁的葱香四起，馄饨皮的面香四起，酱油和猪油的热香四起！舀起一只，不顾热烫，品尝起来：皮子爽滑韧劲，馅心香鲜特别！一旁的司机师傅吃了两只，又站起来去添加了一勺葱花。多加葱，香！他说。师傅向我介绍，这里是他定点吃馄饨的店，不要看店堂简陋，但做馄饨的手艺已经祖传了三代。灶台上下馄饨的是老板娘，工作间里剁肉包馄饨的是她丈夫。这里的肉馅全是手工剁成，从不用绞肉机，看时节不同，肉馅里分别添加有竹笋或茭白。虽然时间尚早，但来店里吃馄饨的渐渐挤起来，有早起的老人，有赶着上学上班的孩子和家长，看起来都是常客，因为他们都在跟灶上的女人或灶下的男人打着招呼。我埋头在享受着盆中美食。确实，这么香、这么好吃的馄饨，以前似乎从来没有遇到过！

江西驿前。依然保存了众多明清古宅的闽赣千年古镇。某处清澈的溪河之畔，酷肖大船的那幢明代房屋，给我印象尤深。镇内古老的砖墙上，到处可见近一个世纪前的清晰战争标语。个人感觉里，驿前，还是一座被一种叫作"泽泻"的沼生草本植物包围的古镇。镇外，在灰浓之云和连绵远山映衬之下的水沼田里，栽满了像绿色芋叶的这种植物。辞书上介绍，泽泻，多年生沼生草本，根状茎短。夏季开白花，排成大型轮状分枝的圆锥花序。茎、叶可作饲料；根状茎入药，性寒，味甘，功能利水渗湿。从广昌乘招手中巴车到驿前的那天，可能正是节场日，镇上热闹，集市繁杂。我和同行的一位长者转遍古镇内外之后（有三个可爱的当地小女孩一直跑前跑后跟着我们这两个陌生的外来者），便准备找地方吃饭。我们在集镇中心找到的一家饭店，正在大摆喜宴，连饭店门口的露天场地上，都摆上了坐满了人的桌子——他们已经无法再接待散客。正巧，在这家饭店附近，"农技站"的隔壁，也有一处饮食摊子。有大铁锅的灶台就支在门外，灶膛旁堆满砍伐下来的新鲜松枝。这些零乱的、仍在生长和呼吸的植物枝叶，散发出浓郁的松脂香味。

江西驿前镇

此处饮食摊卖馒头、芋饺，也有米饭和炒菜。就在这里吃。我们看铁锅灶台旁木头方桌上的原料，随便点了回锅肉片、炒豆芽、三鲜汤和米饭。灶膛里又塞进去两根松枝，旺旺的火舔着圆形锅底，略微佝偻身子、年纪已经偏大的和善老板，在灶上一顿忙碌爆炒，只一会儿，我们的饭菜就端上了简易的折叠桌子。肉里的油仍在滋滋地响，豆芽里辣椒的红，晶莹诱人。有适当强度的咸，微微的辣，回锅肉片的原始紧香，蔬菜的绝对新鲜，雪白米粒的坚实，这一切，经由大铁锅的传导，又全部融入有松枝火焰的烫，以及偏僻中国乡镇所特有的那种酒似的简单和淳朴——20元的午饭，我们的胃，强烈感受到了美食；长途跋涉的我们，获得了一次最享受、最满足的馈赠！

李白墓

中国。安徽。当涂。青山。伟大的李白安息于此。

寂静。寂静浸袭衣衫下的肌肤。深秋下午的墓园，寂静。

整座墓园，只我一人前来祭拜。虔敬放轻的独自脚步，让寂静深秋下午的墓园，呈现特别的空旷。

来自诗人故乡的滚滚江水，就在近侧。肉体的李白安息，而诗歌中的李白，仍奔腾吟啸，穿越世纪，日日常新。无尽长江之水，正是诗人"笔落"之前所沾蘸的无尽墨水。

李白。白衣猎猎。"气逸何人识"的川籍男子。

"蜀之人无闻则已，闻则杰出。"这个四川男子的外表，"眸子炯然，哆如饿虎"（哆，大貌。追随过李白的唐人魏颢亲见描述）；这个四川男子的内心，豪宕不羁，睥睨海内，心雄万夫。他的笔光、剑光、眼光，在无数个白昼和夜晚，与长江的波光，与天上的日光和星光，交相辉映。

李白："仰天大笑出门去，我辈岂是蓬蒿人。"

李白："飞流直下三千尺""轻舟已过万重山"。

这位白色的"谪仙人"（贺知章语），"偶乘扁舟，一日千里，或遇胜境，终年不移"。他仗剑驭波，骑着激流之声，在重力作用下，从西面的高处，飘荡东下，并最终长居于此。

公元762年，李白病逝当涂之后，初葬于当涂龙山东麓。半个世纪之后，有宣歙池观察使范传正者，景仰李白。传正知白生前"志在青山"，于是，在公元817年正月二十三，迁李白墓至"西去旧坟六里"的青山之阳。正月二十三，李白遂愿之日，正是我的生日。

柏树围绕的李白墓，稳固安润。青石墓碑上，镌刻的字迹是："唐名贤李太白之墓。"据说，这是杜甫的手书。

郑重点一支烟。安放于墓前的石案之上。香烟之旁，是一只早先就立在那儿的、空空的"采石矶"牌白酒瓶。

我端坐于墓前建筑的旧门槛上，注目烟燃。

墓园依然寂静、空旷。

宇宙浩茫之中，谁在憾叹："李白骑鲸去，人间无谪仙。"

我端坐着，恍惚之中，滚滚的汉语，在这样一个特殊的时间和空间，正叫喊着，进入我饥渴的、后来者的血管。

李白墓

剡溪道和始宁墅

（1）

我在越地嵊州，耳边总时常听人说到一位古人的名字。这位5世纪的古人，在21世纪的今天，似乎仍然亲切地走动在嵊州人的日常生活中。人们像对待熟悉的朋友或师长一样，总是不断地回忆他，谈论他，并且，在地方志书，在古剡地灵山秀水的地理空间内，同样到处留有他极富个性的"笔迹"和"足迹"。这位古人，就是1600年前的嵊州人、开创了中国山水诗派的伟大诗人谢灵运（385—433）。

"池塘生春草，园柳变鸣禽""云日相辉映，空水共澄鲜""林壑敛暝色，云霞收夕霏""岩下云方合，花上露犹泫"……诗人这些描写东南山水的精微汉字，横越时空，依然让我如此动心、钦敬。

（2）

谢灵运虽然原籍在陈郡阳夏（今河南太康），但他一生其实从未到过原籍。从他的祖父开始，已经移籍会稽始宁。谢灵运出生在始宁，他的父亲谢瑍在他出生后不久即去世，所谓"旬日而父殁"；他的母亲刘氏，是王献之的甥女；他的祖父谢玄，则是东晋赫赫有名的人物，曾指挥著名的淝水之战，以8万人马击败苻坚的百万之众，被封为车骑将军。

根据史料记载，古始宁县建制于汉顺帝永建四年（129年），废于隋文帝开皇九年（589年），存在了460年。其地为今浙江上虞南部、嵊州北部，县治在今嵊州三界镇附近。谢家在始宁有大片庄园，范围大致在古剡县境内。谢灵运的父祖均葬在始宁，谢灵运自己又出生于始宁，故此，我们可以说，谢灵运是确确实实的嵊州人。

（3）

自谢灵运始，中国山水终于有了自己真正的情人和知音。

灵运与山水互为深切之友，原因也许有二：其一为美丽山水的催诱；其二为困顿人事的安排。

始宁所在的越地，也即后来像一块巨型的磁铁吸引着各路诗人纷至沓来的唐代浙东，是一片钟灵毓秀之地。如果把整个中国版图比作一个盛大家族的平面图，那么，越地就是这个家族面朝大海的山水后花园。具体而言，越地的范围，在浦阳江流域以东，杭州湾以南，东海以西，括苍山以北；会稽、四明、天台等山横亘其间，总面积约两万平方公里。而嵊州，正处于这块地域的核心部位。自古以来，就有"东南山水越为最，越地风光剡领先"之称；唐代白居易在《沃洲山禅院记》中明确判断："东南山水，越为首，剡为面，沃洲、天姥为眉目。夫有非常之境，然后有非常之人栖焉。"谢灵运诞生于这样的"非常之境"中，越地神异的山光水影，早就融进他的血液与情感之中。

谢灵运出身高贵，拥有显赫的家世，他从小生性颖悟、才情脱俗，长大后更是心高气傲，以出任朝廷要职自期。然而不幸的是，他偏偏遇上了晋宋易代，想要有所作为，却始终难以有所作为，于是偏激的性格一而再、再而三地转化为目无法纪的放旷行为，越地的山山水水也就成了他经常出游和宣泄郁愤的去处。正如白居易在《读谢灵运诗》中说过的：

谢公才廓落，与世不相遇。

壮志郁不用，须有所泄处。

泄为山水诗，逸韵谐奇趣。

大必笼天海，细不遗草树。

岂惟玩景物，亦欲摅心素。

白氏所言，准确地概括了谢灵运的身世遭遇和诗歌特色。

山水有情，这位热爱自然的大诗人当年率众开辟的剡溪古道和谢氏几代人经营的始宁别墅，在今天的嵊州，都可觅到它们的依稀物痕。

（4）

剡溪，中国文学史上一条著名的诗歌之溪，它盛满了以往中国人对于自然山水的审美情怀，也承载着他们"天人合一"的人生理想。

李白说："我欲因之梦吴越，一夜飞渡镜湖月。湖月照我影，送我入剡溪。"杜甫说："剡溪蕴秀异，欲罢不能忘。"剡溪之魅力，于此可见一斑。

现今的剡溪，被上三高速和104国道所夹，车马喧腾，应该承认，剡溪所蕴之"秀异"已经削弱不少。但那晚和当地朋友在剡溪边行进，月色之下，山间的溪光粼粼，想象中仍可遥见晋唐时代这条著名山溪的无限神情。

剡溪发源于天台华顶峰。海拔1100余米的华顶峰，是一道分水岭，岭北的溪水，是剡溪最大支流的源头。溪水北流数里，即到石桥（又名石梁飞瀑），《天台山记》写道："石桥长七尺，龙形龟背，桥两侧崖壁对立，瀑布水从桥下飞奔而下，令观者目眩心悸。"过石桥向南4公里，有慈圣村。慈圣村往南，河床平缓，千山水注，始成剡溪。从慈圣向北18公里，到沃洲。沃洲向北 2.5 公里有支遁岭。过岭有兰沿村，在新嵊盆地上，兰沿村是最古的村落之一。兰沿向北 11 公里，即到今新昌县城。剡溪穿县城北流 5 公里有南岩，过南岩 6 公里为今嵊州城。剡溪环绕今嵊州城西、南、东，向北流约 20 公里到崇浦。崇浦又称剡溪口，意思是剡溪到此为止，由此以北，溪流放宽成川，叫剡川，即今曹娥江。

唐代诗人们来越地，大多是乘船走水路。即从淮地的扬州经运河南下，渡钱塘江，从西兴进入浙东，再沿剡溪溯溪而上，登上天台的石梁，有的进而从临海出海，作为越地之行的终点。剡溪从新昌到天台慈圣段，直到 20 世纪 70 年代还可以通竹筏、木排。唐代孟浩然有《舟中晓望》诗："挂席东南望，青山水国遥。舳舻争利涉，来往任风潮。问我今何适？天台访石桥。坐看霞色晚，疑是赤城标。"从这首诗中，不难看出孟浩然走的正是这条"越中—剡溪—石桥"的水道。

谢灵运当年除了由水道从始宁入天台外，他还喜欢登山攀岩走陆路。作为超级发烧"驴友"，他曾自己发明了一种登山木鞋，鞋底装有活动的锯齿，上山则去前齿，下山则去后齿。这种可申请专利的独特"谢公屐"还传之后世，唐代大诗人李白就曾穿过，所谓"脚著谢公屐，身登青云梯"。除了"谢公屐"，据说，谢灵运还是"曲柄伞"的发明者。不过，从陆地由始宁到天台、临海，在谢灵运之前没有现成的山路可走，怎么办？

剌溪

没有路，自己开辟就是。谢灵运在还乡隐居期间，率数百人之众，以始宁为起点，不畏艰难，伐木开径，硬是开辟出了一条始宁到临海的剡中游道。据说山路开至临海地界时，让太守王琇以为是山贼群至而吓了一大跳。

这条剡溪古道，因是谢灵运所开，后人又称"谢公古道"。古道从始宁出发，从今嵊州黄泥桥入新昌境，自新昌旧东门到天台县界这一段，全长约45公里。目前横贯斑竹的长街，会墅岭的石阶路和卵石道，天姥寺至冷水坑的山路，仍保存古道的原貌。道上残存的小石佛铺、关岭铺，还能够看出驿铺旧貌。古道经桃源穿越天姥，天达关岭头一段全长35公里。这条古驿道上有许多流传千古的遗迹，如刘阮遇仙的桃源洞、司马悔桥等。古道过天台后，就能到达临海，从临海顺灵江、椒江便可出海。

嵊浦是剡溪古道上的一个重要节点。又称剡溪口的嵊浦，今属嵊州三界镇范围，这里是剡溪和剡川（曹娥江）的分界点，是古时人们舟楫而上，进发剡中的起始点。嵊浦为剡溪第一胜景，陶弘景云："实是欲界之仙都，自康乐以来，未复有能与其奇者。"嵊浦有山崖壁立水边，突兀十余米，崖下碧水成潭，鲈鱼戏跃。嵊崖近水处有容一人之凹部，传为谢灵运昔时垂钓处。笔者立身其间，俯视清流，谢公当年的垂钓之乐，似可立即感同身受。嵊浦有古道直通崖顶。这条古道现在已被104国道所隔断，国道左边是一座名叫"泰平桥"的狭窄古桥，国道右边则有原连古桥的一条龙形卵石古道，穿招士湾村，直上嵫浦崖顶。崖顶有嵫浦庙，所祀人物为五代陈廓。地方传说，五代梁朝初年，仙居县令陈廓任职期满返杭州述职，雇小舟沿剡溪而下。船到嵫浦潭，陈县令见岸边许多民众正点起香烛，摆出供品，愁容满面地向潭中跪拜。问后得知，潭中有一蛟龙，作恶多端，经常吞食人畜，让当地百姓不得安宁。陈廓闻知大怒，抽出宝剑，决心为民除害。潭底恶蛟听到人语，跃出水面，张开血盆大口显示其威。陈县令当即提剑入水，与恶蛟决斗。一场鏖战从早上持续到中午，直杀得天昏地暗。岸边百姓也拿着铁叉、锄头赶来助阵，呐喊声震天。恶蛟见寡不敌众，偷偷想溜，陈县令眼疾剑快，猛向蛟龙颈部刺去。作恶多端的蛟龙最终被杀死，但陈县令也因体力消耗过大，不幸沉入潭底。人们为了纪念为民除害的陈廓，在嵫浦崖上造起了庙宇，以资纪念。嵫浦庙山门现已重修一新，庙大门对联给我很深印象："胸有公心胜似朝天拜佛，腹藏邪念空劳对我焚香。"

剡溪古道上的会墅岭，也是由越入台的必经之地，地理位置非常重要，历来被兵家所看重。古时曾设关隘，叫狮象关。因地处交通要道，据记载，唐末裘甫起义、明代倭寇流窜，都给会墅岭村民造成伤害，清代的太平军也给村里带来了不太平。现在，有名的会墅岭卵石古道很少有人用脚步去叩访了，现代的萋萋芳草已经覆盖了历史风霜打磨过的卵石。

（5）

谢灵运出生于始宁，具体而言，谢灵运是出生在始宁的始宁墅。

始宁墅不是一幢楼，也不是一座花园别墅，而是一个面积广阔的士族庄园，拥有数量众多精陋有别的各色建筑。

约于元嘉七年（430年），谢灵运曾作《山居赋》，对始宁墅的情况作了详细描述。《山居赋》全文分序、赋、注三部分，赋和注共四十八节，每一节赋的后面都有注，用记事文体对赋的内容作纪实性的解释，并给予大量的补充。全文八千余字，注略多于赋。《山居赋》文体结构严密，内容丰富，述地形稽之如图，论物产考之如志，称得上是一卷士族庄园志的上乘之作。

谢灵运一生在家乡生活并不是太长，总计约6年时间。谢灵运出生后，由于家族人丁不旺，灵运的家人怕养不大他，很小的时候就把他寄养在钱塘（今杭州）的道馆中，因为当时风尚是"恐儿童不易成长，使拜和尚为师，或送入寺院养育"。直到十五岁才被接回京城建康（今南京）。因此史书说他小名客儿，又称阿客或谢客。

十五岁至二十一岁，谢灵运在建康著名的乌衣巷生活，与王谢子弟共乌衣之游，度过了一段世家后代富贵风流的生活。

二十一岁起谢灵运步入仕途，历任晋、宋两代琅琊王司马参军、刘毅记室参军、秘书丞、中书侍郎、黄门侍郎、永嘉太守、秘书监、临川内史等。中间曾两次还乡隐居。

景平元年（423 年）秋至元嘉三年（426 年）秋，也即谢灵运三十九岁至四十二岁，他第一次回乡隐居。此次回乡，距赴任永嘉太守仅 1 年，《宋书》本传说："出守既不得志，遂肆意游邀，遍历诸县，动逾旬朔，民间听讼，不复关怀，所至辄为诗咏，以致其意焉。"因为感觉不"得志"，所以在永嘉根本不思政务，仅过 1 年，便"称疾去职"，返回始宁。

元嘉三年，朝中政局发生变化，为了取得士族支持，宋文帝刘义隆下令征召谢灵运入京，任职秘书监，撰写《晋书》。文帝的本意只是拿他来撑撑门面，哪知道这位贵胄却仍以参与时政自许，应征后不见实质性的任用，便故态复萌，"多称疾不朝，直穿池植援，种竹树堇，驱课公役，无复期度，出郭游行"，甚至"经旬不归，既无表闻，又不请急"（《宋书》本传），全然不把朝廷放在眼里。其结果可想而知，不久，文帝即派人暗示他主动辞职，并最后批准了他推病请假的请求。于是，有了谢灵运的第二次回始宁隐居，时间是元嘉五年（428年）春至八年（431 年）春，即灵运四十四岁至四十七岁。

谢灵运在乡隐居期间，即游憩于始宁墅。

始宁墅最早系由谢灵运祖父谢玄开始经营，是谢玄当年在其叔谢安去世后见恢复大业不可图而寻的退居之处。谢灵运《山居赋》自注说："余祖车骑建大功淮淝（指淝水之战），江左得免横流之祸。后及太傅（谢安）既薨，远图已辍，于是便求解驾东归，以避君侧之乱。废兴隐显，当是贤达之心，故选神丽之所，以申高栖之意。经始山川，实基于此。"

谢灵运在《山居赋》中这样描述始宁墅总貌："其居也，左湖右江，往渚还汀。面山背阜，东阻西倾。抱含吸吐，款跨纤萦。绵联邪亘，侧直齐平。"注云："枚乘曰'左江右湖，其乐无有'。此吴客说楚公子之词。当谓江都之野，彼虽有江湖而乏山岩，此忆江湖左右与之同，而山岳形势，城池所无也。往渚还汀，谓四面有水；面山背阜，亦谓东西有山，便是四水之里也。抱含吸吐，谓中央复有川。款跨纤萦，谓边背相连带。迂回处谓之邪亘；平正处谓之侧直。"

始宁墅是有水有山的大庄园。作为"四水之里"，它的范围经金午江、金向银考证，按照今天的说法，始宁墅东临动石溪，南界里东江，西伴剡溪，北则剡溪与动石溪接，其界域在今嵊州市三界镇和仙岩镇范围内，面积 30 多平方公里。

不光有"四水"，始宁墅内外还都是山。"东阻西倾"指山的走势。山居地处覆卮山东脉，覆卮山高 861 米，西伸至动石溪源头五石头冈（679 米），继而西延至山居内的车骑山（311米），与剡溪接，从高到低，向西倾斜。车骑山即曾山、曾峰，是乡人为纪念灵运祖父车骑将军谢玄而命名。

（6）

始宁墅中的三精舍，为整座庄园的代表性建筑。

其一为桐亭楼。郦道元《水经注》云："江自嶀山东北径太

167

康湖，车骑将军谢玄旧居所在。右滨长江，左傍连山，平陵修通，澄湖远镜。于江曲起楼，楼侧悉是桐梓，森耸可爱。居民号为桐亭楼。楼两面临江，尽升眺之趣。"桐亭楼位于嵊浦江曲处，嵊浦潭水域开阔，深不见底，以产鲈、鲻盛名。谢玄当年经常在此垂钓，其《与兄书》云："居家大都无所为，正以垂纶为事，以足永日。北固下大鲈，一出钓得四十七枚。"谢灵运后来也喜在此垂钓，看来是承继了乃祖遗风。在今三界镇李岙村，由精于嵊州地方史研究的徐国兆先生带领，我看到了横躺于村中一座溪桥下面的"古桐亭"石碑。

其二为南山精舍。《山居赋》载："南山则夹渠二田，周岭三苑。九泉别涧，五谷异献。群峰参差出其间，连岫复陆成其坂。"注云："南山是开创卜居之处。从江楼步路，跨越山岭，绵亘田野，或升或降，当三里许。"江楼即桐亭楼。南山精舍是谢玄经营始宁墅的第一幢房子，在车骑山北岭，离桐亭楼三里多路。岭上有一坂平地，名曰敕书岭，有一条卵石山道，镶嵌甚是精致。村民说，敕书岭是车骑将军住过的地方，这条卵石路是朝廷投递文书之道，所以叫敕书岭，又名官大路。岭南山中有一凌空突兀之巨石，传为谢玄游息处，称为谢车骑坐石，当地百姓又管它叫将军菩萨、将军帽、太鹿岩。高似孙《剡录·古奇迹》载："谢车骑坐石：石在宝积山，石磊磊叠叠，如梭如凿。"笔者因国兆先生导引，也登临此一凌空巨石。坐于石上，头顶阳光照耀，足底山风涌拂，心胸一畅又凛然生寒。此处胜迹，大概是始宁墅目前唯一可登临、可触摸、可明确感受的地方，所以可谓弥足珍贵。

其三为临江楼。这是谢灵运第一次归隐时所建的精舍。赋云："其居也，右江左湖。"右江为剡溪，左湖则指太康湖。太康湖是谢玄经始的一个小水库，用以灌溉田园，在今三界镇的钓鱼潭村至李岙村的一个葫芦形谷地中。临江楼距江二十许丈，有石阶通水，此即船埠头，故谢灵运有诗句"系缆临江楼"。在此楼中，抬头可见车骑山，俯首可见太康湖。临江楼为三间式楼房，有花园，其中一间在岩矶上，岩矶外则为平畴，故其址可圈可点。临江楼景色宜人，《山居赋》注云："北倚近峰，南眺远岭。四山周回，溪涧交过。水石林竹之美，岩岫隈曲之好，备之尽矣！"

谢灵运归隐故乡期间，除了建造临江楼，还在始宁墅南新建了一幢佛寺式建筑石壁精舍，并以李岙一带的始宁墅为北居，自谓石壁精舍为南居。

其事最早见于《答范光禄书》："即时经始招提，在所住山南。"招提与寺院不同，它是民间举办佛事的场所，虽邀名僧来讲经研佛，然事毕即去，非僧人常住之所。晋宋时修佛得道成风，建招提便成了达官贵人们的一种时尚。谢灵运少不杀生，笃信佛学。归隐后，为了得道成佛，也为了迎合某种时尚，便成了他建造石壁精舍的动机。《山居赋》中列有四节，专叙石壁精舍事，详细介绍了建造缘由、寻址经过、精舍结构、斋事活动等情况。经地方人士考证，石壁精舍在今嵊州市仙岩镇谢岩村。仙岩镇唐宋时为康乐乡、游谢乡，敬谢灵运为乡主，尊为仙君，至今强口村旁仍有仙君殿，奉祀谢灵运，一千多年来香火不绝。笔者曾入其内拜谒，殿内寂静又洁净，殿前有大片空场，其中一树木芙蓉正烂漫盛放，满树花朵，让见者惊异。

石壁精舍建成后，谢灵运往来于南北两居之间，留下了许多诗篇。"晨策寻绝壁，夕息在山栖。""朝搴苑中兰，畏彼霜下歇；暝还云际宿，弄此石上月。"这些诗句，点明了南北两居间的行程和距离。其中《石壁精舍还湖中作》对两居行程的交代最为详细："出谷日尚早，入舟阳已微。林壑敛暝色，云霞收夕霏。"此四句言出谷、入舟，印证了两居间水通陆阻的地理关系。日尚早，阳已微，敛暝色，收夕霏，以时序表达路程，点明了两居间较远的距离。

（7）

谢灵运素以我行我素、放浪形迹著称。第二次回乡隐居期间，因事与会稽太守结仇，并在一次宴饮后脱光衣服大喊大叫，受到太守派人干涉时出口大骂。于是被会稽太守参了一本，说谢灵运"横恣，百姓惊扰"，有"异志"。在这种严峻形势下，一向高傲的诗人不得不放下平日的架子，离开始宁，赴京自辩。从此，谢灵运再也没有回过故乡。

所幸宋文帝对此并未严究，只以"见诬"两字销案了结，顺便把谢灵运留在京城，也有监管的意思。元嘉八年（431年）冬，谢灵运被任命为临川（今属江西）内史。这次外放，与前次为官永嘉与始宁邻近不同，是前往远离家乡的江西，这使他预感前程茫茫。而命运之手，也确实把谢灵运逼上了一去无回的绝路。

谢灵运到任后不久，喜好山水的本性难改，"在郡游牧，不异永嘉"。他在被监察官以不恤民事弹劾后，又被司徒刘义恭以莫须有的罪名派人前来逮捕。谢灵运情急之中，竟一时糊涂，不顾一切反将来人扣下，兴兵与朝廷对抗。这个自不量力的拒捕行动，很快招致"灵运率部众反叛，论正斩刑"的判决。好在宋文帝为示宽大，念其祖父谢玄功绩而降死一等，徙付广州监管。

大约在元嘉九年（432年），诗人带着家小，经庐江，出彭蠡，过大庾岭，远赴广州。就在到达广州的元嘉十年（433年），谢灵运落入圈套，有人布置，让一罪犯招供欲与灵运合谋反叛。文帝闻讯，便不再迟疑，一纸飞诏下令将诗人在广州行弃市刑（弃市刑，古代执行死刑的一种方式，即在闹市处死，并将尸体暴露街头）。一代学人才士，就这样结束了他年仅四十九岁的生命。

强烈的门第观念，出众的文学才华，以及"为性褊激，多愆礼度"（《宋书》本传）的鲜明个性，再加上无可选择的时代背景，这些都决定并铸就了天才诗人谢灵运个人的悲剧命运。

然而，凭借着对美丽山水的无限热爱，凭借着笔下那些"以人巧造天工"（方东树《昭昧詹言》）的华美诗章，诗人最终幸福地成了人类感知伟大自然的一只最为敏锐的器官。

自然山川在被诗人精工描绘、深情叙写的同时，也永远铭志了"谢灵运"这样一个不朽的中国姓名。

看
见

　　西宁城郊。尘色苍茫之中，这对拉大板车的中年男女应该
是一对夫妻——漫长的底层岁月，铸就了他们内在同一的表情。
应该是在拉完一趟货物的返程途中，板车都空了。现在，妻子
坐在丈夫的空板车上，脸朝后，手拉着自己的车。尘色中的瘦
韧男人，在前头牵引。

　　天柱山上。与我擦肩而过迅疾下山的，是类同于西宁城郊
的一对夫妻。他们应是当地挑工。货物送上山了，现在空担下
山。肯定是为了照顾自己的女人，男人的肩上，扛了两副扁担
绳索；空手的女人，因快走而脸色发热发红的女人，跟在丈夫
的身后，迅疾下山。

　　——艰辛扑面的尘世，我看见微弱的，却使我心动的内容。

汉字闪耀的镇

　　大河的水光，通过或短或长的砖巷，晃映进这个过去年代盛产汉字书籍的赣地古镇。前书铺街。后书铺街。石头街面上有深深的车辙印痕。此处是明清两代雕版印刷书籍的南方核心区。小小一镇，全盛期拥有刻书坊据说竟达六十余家，刻书、印书、制墨、做纸、运输，包括供做书板用的木材销售，形成了一条完整的产业链。幽静闭门的街屋内部，昔日应该是书板层列，满架充栋。锋利的凿刀在木板上游走，那些深隐植物香气的梨木或樟木的书板上，便雕刻出星辰一样的暗耀汉字。古朴端正的宋体字迹，这一块上或者是："云腾致雨，露结为霜。金生丽水，玉出昆冈"；那一块上可能为："三才者，天地人；三光者，日月星；三纲者，君臣义"；被压在最底下的一块，也许又换成了这样的内容："怏怏瘦损，早是伤神，那值残春。

174

罗衣宽褪，能消几度黄昏？风裒篆烟不卷帘，雨打梨花深闭门。无语凭阑干，目断行云"。

在标有"金龙家具城·旅馆"字样的人家陋旧的高处晒台上，坐着喝水。这似乎是这个破败书籍古镇现今唯一的旅馆所在。主人是一位不到三十岁的陈姓青年，他原是油漆工，现在自产自销做着家具买卖。他的三岁的儿子，在满是木头刨花和油漆污痕的空敞偏暗的大屋内，绕着待售的椅子、柜子、木床，独自无声地钻来钻去。在迷宫般参差的河边民居间，他家的晒台很高，端一张方凳坐在上面，进镇就感觉到的那条闪射水光的大河，可以尽收眼底。这是发源于南部广昌山区的抚河，擦着古镇北流，不远处就可到达抚州（临川），然后是南昌，然后经鄱阳湖进入长江。

"临川才子金溪书"。临川出产了晏殊、晏几道、王安石、汤显祖这些才子，而金溪的书，就出自这个叫作浒湾的古镇。眼底的抚河之上，有舟船往来。遥想当年，从古镇出发，风帆之下的船舱内，满载着如下类似书籍："四书""五经"《三字经》《千字文》《七言杂字》《百家姓》《千家诗》《说唐全传》《三国演义》《绝妙好词笺》《说岳全传》《太平寰宇记》《历代名臣奏议选》《武侯全书》《史记菁华录》《陆象山全集》《抚州五贤全集》《壮晦堂稿》《金瓶梅》《红楼梦》《水浒传》《西厢记》《牡丹亭》《今古奇观》《笑林广记》(《金瓶梅》以下为当年官方禁书)……这些书籍，普通的用当地生产的"毛八纸"印刷，低级的用邻县资溪出产的"京丹纸"印刷，特等的则用福建产的"连四纸"印刷。书籍之舟顺流北下，由抚河，入长江，古镇的木刻书籍便可通达中国各处。

昔年刻满汉字的书板，在岁月的沧桑变迁中基本已经荡然无存。漫走于今日镇中，触目所见，是冷清肉墩头上新鲜的肉，是众多的鞭炮作坊，是啃青甘蔗的蹒跚婴孩，是出租场地以供办酒宴的大敞旧屋。只有清晰的"书铺"街名、街上深凹的辙痕、某处墙上漫漶的"颜色""纸张"字样，连同后街门外的"聚墨池"——当时印刷工人洗涤刻板墨污，年深月久而使池水变黑，还在诉说古镇过去的书籍繁盛。确实，仔细嗅辨，此地的空气中，似乎仍有梨木、纸张和松墨的气息在弥漫，汉字陈旧闪耀的光芒，连同大河清亮的波光，仍在古镇的各个幽暗处晃映。在紧邻茶馆和寿材店的饮食店吃饭之前，我曾在镇中某户人家小坐，狭窄屋内那位潜心雕刻冥币木模的男子，是我遭逢的唯一活着的古镇刻书工匠。他手中的刻刀，娴熟地在木板上犁动——恍惚中，我仿佛看见时光深处无数木质的汉字，正从古镇的四面八方朝我涌来，像无数张开的嘴，在发出一股无声的、冷飕飕的呼啸。

书铺街

闽
纸

"种竹关生计，连山带笋香。谁知文字贵，先赖纸工良。"纸，是中华文明的重要承载物。在东汉蔡伦造纸之前，人们将汉字书写于竹帛之上。然而，简重而帛贵，不便于人。据载，西汉东方朔向汉武帝上一个奏章，就用了三千片竹简，且由两个壮汉抬进宫内。简重不便，于此可见。作为中国四大发明之一的纸的出现，使得人类所创之文化更易绵延而发扬光大，这是华夏民族的骄傲和光荣。

闽地多山多竹，适于造纸。可用于造纸的竹子，就有毛竹、绿竹、麻竹、苦竹、绵竹、粉竹、赤箭竹、篁竹等数十种之多。闽地造纸，始于唐宋，盛于明清，手工造纸，历时已逾千载。明代宋应星《天工开物》记载："凡造竹纸，事出南方，而闽省独专其盛。"

所谓竹纸，即以稚竹为原料所造之纸。闽之竹纸，按其用途，可分为三大类。其一，上等的是白料纸类，以供缮写书简为主。此类纸，选料最精，操作最繁，纸色清净洁白。其二是甲纸类，以供包裹物件及其他杂用为主。此类纸质地较粗糙，厚薄不均匀，色浊而不鲜。其三是海纸类，专供祭祀用，市售之纸箔、冥币，即属此种。此类纸精细无定，皆薄而易破，染色者为多，常利用下脚料制成。

手工制造竹纸，有很强的季节性，而且工艺流程繁杂，主要有：1. 砍青。谷雨前后，砍伐那些已成竹形但尚未开枝的竹笋，再削青成片。2. 腌料。将青笋片加石灰放入湖塘腌浸。3. 洗漂。洗去石灰，用水漂净。4. 剥竹麻。将竹麻分层剥开。5. 上榨。将剥开的竹麻榨去水分。6. 踏竹麻。用脚将竹麻踏烂。7. 精炼。将纤维打溶，拉去粗头形成纸浆。8. 抄纸。把槽内已经打溶拌好的纸浆抄成纸张。9. 榨纸。抄纸至七百张时，上榨榨去水分并切边。10. 干纸。将湿纸逐张刷上焙笼壁，焙干。11. 整理。提净破张，并计算两百张为一刀，四面切齐后加包皮纸捆扎。

闽纸之中，尤其以白料类的玉扣纸著称于世。玉扣纸系全用嫩竹制造，轻薄凝洁，光滑柔韧，书写易干，墨迹不褪，可经久不被蛀蚀，有"冰清玉洁""欺霜赛雪"之誉。

南方暗夜，红烛之室，这些源自植物、熠熠如寒雪的圣洁纸张，寂静却又强烈地，诱惑着你提笔蘸墨，去在它的上面，写下美丽汉字。

天涯·夜话

　　旅馆房间很大。一个异乡人在其中，更显得室内空空荡荡。壁灯昏黄，浴室里的光则刷白一片，像虚弱炫眼的石灰颜色。风尘仆仆的旅行背包，现在孤独在屋角，随身携带的不锈钢茶缸（这种材质的杯，不怕挤摔，甚至还可作为野外炊具）被我拿出来，倒了半杯水，立在狭小的床头柜上。茶缸旁边，还有一包刚刚拆开，吸了一支的白沙烟。注视着这包烟，又想起刚才在喧杂夜市中的那个小烟酒店，想起昏暗街边到处都是的、卖奇异热带水果的乱哄哄地摊。房内有些闷人。推开床边的移门，走到室外露台。顿时，黑夜大海的磅礴气息，便汹涌着弥漫过来。目光越过不远处朦胧的椰林，我知道，那边就是大海，激荡着涛声的黑夜里的大海。

　　之前，是在一处露天的晚间饮食座上。这里是中国最南端的岛城。和饮食座隔一条街，就是海滩以及无尽的墨蓝大海。12 月，在故乡该是最凛冽的寒冬，而此处身旁的树，依然于夜色里盛开着白色花朵。和一位熟悉的长者对坐，散漫谈话。他也是江南人，我们曾在同一单位共过事。长者退休之后，倾其积蓄，不远万里，在这天涯尽头的岛城，买下一个单间定居下来。他热爱这里的气候、阳光、海滩、椰林，热爱这里的菜场和渔肆。他说，长时间看着大海，人就会自然地从俗世中超拔出来，想到哲学和诗。长者早年从事专业烹饪教学，体验过道家辟谷，后来供职于媒体，但是对烹饪——这一精微独特的文化载体——始终牵结于心，他对此一领域的理论有着精深研究。长者耗费心血撰就的专著《味觉审美学》有开拓之功，各方看好却始终未能出版；而随手写下的美食书，反而受到市场追捧。在那家媒体单位退休之时，长者获得了国家权威部门所颁的"中国餐饮文化大师"称号，对此盛誉，他淡然待之，依然喜欢过他自己清贫而自得的隐居生活。隐约可闻的波涛声伴着我们的漫聊或沉默。远在天涯的一晚相逢谈话，我印象最深的，是长者对于人生的个人识见和追求：享受、创造。他强调，人，生而为人，首先就要享受生命，让欲望得到满足，享受是对生命的真正尊重；其次是创造，用一己之力，为他人，为社会创造有形或无形的财富。有享受、有创造的生命，才是完美的，才不负来人间走一遭……

南国的夜很短。似乎很快，黎明的霞光就来敲打我旅馆的

海南三亚

窗户。起床。一个人去到海边。有节奏的海浪声中，正遇日出。阳光从大海上空浓厚的云层间射过来，像舞台上的束束追光。大海起伏，一望无垠、拍打着整个中国的大海在眼前起伏。一瞬之时，如此清晰地感知：此刻，我所立身的，确实是宇宙间一颗壮美的星球。

乡傩

黎明前的安徽姚街山村，浸在幽蓝的黑暗之中。村中祠堂，一座有着数百年历史的庞大老宅内，灯烛燃红。如果站在村外连绵的群山之上俯瞰下来，这座摇曳红影的祠堂，应该就是中国东部黑暗山村一颗跳跃的小小心脏。

竖有斑驳红漆木柱的祠堂内部，红烛燃烧，灯笼张挂，香烟缭绕。祠中每一根高大的粗柱之上，都贴了墨汁新鲜的抱柱红色纸联。香烛腾起的烟雾之中，数个村中男人正在做着迎神下架仪式。这天是农历正月十五，在祠堂的日、月箱中安睡了1年的傩神面具们——当地人称为脸子，被人们恭敬地迎请出来。祠堂正中摆放有一顶类似轿子的三层龙亭，木制镀金，雕镂精美。龙亭前面有条案，上面供着烧熟的猪头、雄鸡和大鱼，猪、鸡、鱼身上，各覆有一张吉庆的红色剪纸。朦胧的祠内光线里，男人们沉默虔诚地从箱子里取出脸子，每取一张，都用棉絮蘸了瓷碗里的烧酒，正反两面仔细擦拭；擦拭好后，再把脸子在燃着柏木的香炉上方熏上一熏，然后按古制的顺序，谨慎放入龙亭之内。在人们取放脸子的同时，祠中有一人敲锣击鼓，有一人举神伞，在供案前旋舞。此地共有三十尊脸子，计为：关公、童子、父老、大和尚、二和尚、三和尚、大回、二回、赵虎、武官、财神、杞梁、宋中、杨兴、赵吏、皇帝、包公、皇母、文官、文龙、土地、王大、王一、孙吏、肖真女、孟姜女、吉婆、梅香、余娘子、张龙。驳杂之傩神面具，显示着民间信仰的错综。

早饭过后，举行接神起圣仪式，即是将放有脸子的龙亭，抬到村头的社坛进行朝拜。这时的祠堂里明显热闹起来，杂沓起来。因为龙亭不是孤零零抬出去的，而是伴有盛大鲜艳的仪仗。所有的人都在准备。负责抬龙亭的八位汉子，已经换好装束，绸质的黄衫、黄裤、黄头巾，分外醒目。另外引人注意的，是"骑"着纸扎竹马，护卫龙亭的四位将军，竹马分红、白、黑、绿四色，头戴战盔、背上插旗的将军，也分别穿红、白、黑、绿四色战袍，威风凛凛。整个仪仗全由村中男子担任。鸣锣者起首，两位鸣锣者抬着像匾一样圆大的铜锣，抬杆上还挂有旗子，上书"清道"大字，所谓"鸣锣开道"是也。与开道大锣同趋于前列的，还有一位提着防风小灯笼的村中长老，灯笼上用红漆书有"荡里姚"字样（此村古称"荡里"，

"荡里姚"

姚为主姓）。大锣之后，是村中男孩所举的"回避""肃静"高牌。然后是华盖般的伞旗，旗下一周饰有彩色流苏，有二十四孝旗、黄龙旗、万名旗等。紧接着的是锣鼓乐队。乐队之后，才终于出现龙亭：金碧辉煌、藏有脸子的三层龙亭，被插了两根粗长红色木杠后，由四位汉子抬行，另外四位在旁行走，随时准备替换。龙亭后面，跟随有骑着竹马、手执枪戟的护卫将军。被人在地上拖着炸响的红色鞭炮长时间激烈不停，烟雾之中，被仪仗簇拥的龙亭离开祠堂，沿曲折村巷，朝村头社坛行进。家家户户都在门前供奉果品、水酒，在行进的仪仗到来之时，点燃爆竹，持香敬拜。此时的整座山村，被仪仗的威仪、漫天的硝烟、香烛和稻草的火影、人们虔敬的表情，以及震耳的鞭炮声充满。村头的社坛，简陋微小却神圣无比，进香点炮之后，开始在此接神。

"都来呀——"村中年首，即傩事组织者，开始喊断。

"贺！"众人齐声应和。

喊断是乡间傩仪的重要程序之一。年首每喊一句断词，众人必以"贺"字应和。面临社坛，年首继续：

一到社坛气象新。贺！

衣冠整整共迎神。贺！

全村吉庆从天降。贺！

福寿康宁乐太平。贺！

乡人们认定，天上的神灵，此时此刻，经由社坛，纷纷附着于龙亭内的傩神面具。龙亭内的每一张脸子，现在，就成了真正的每一尊傩神。

社坛请神之后，龙亭仪仗还不能停歇，须向十余里路外的青山庙进发，进行"朝庙"。此间山区各村，共有六路傩神，地方称为"六堂菩萨"。一年一度，每逢农历正月十五，这六路平时分散的傩神，必在青山庙作一聚会，谓之"傩神大会"。从社坛调头，龙亭仪仗重新隆重穿村而过，走到村外山间公路上，有两辆租借的蓝色载货大卡车已经等在那里。将龙亭小心翼翼抬上卡车，所有仪仗人员也全都挤上车厢，于是，卡车发动，向青山庙驶去。不用等到目的地，就能强烈感受那边的空前盛况。远远地，狭窄山间公路的一边就停满了各种车辆。卡车开不动了，就下车抬着龙亭步行往前。青山庙在公路下面远处的一座平缓山头上，据说早先庙宇庄严，只是现在已经只剩废墟地基。站在公路上抬眼望去，青山庙所在的山头，已被鞭炮焰火的浓厚白烟遮蔽。结满花蕾的油菜地间的田埂道上，人群川流不息。到得山头庙宇废墟，空气中充满强烈的硝烟味，人人都用手捂紧双耳，因为这里燃放的鞭炮真正是震耳欲聋，废墟地基上铺满了厚厚的爆炸后产生的红色纸屑。就是在这种热烈的氛围中，六路傩神完成了他们一年一度的珍贵相聚。

朝庙结束，从青山庙返回村中，龙亭被抬回祠堂。随着龙亭游走了一圈的傩神（面具）们，被一尊尊请出了龙亭，摆放在祠中的龙床之上，等待着晚间的演戏。

这是众神光临山村的一天。

入夜，新年的第一轮圆月，准时从东方冉冉升起，慢慢移向古老的祠堂上空。

祠堂里面，所有高挂的大红灯笼全部点亮，空气中布满燃香的浓郁气味，祠堂正门口龙亭前和里端戏台前的铁质烛架上，晃动火苗的参差红烛更多更旺。村中男女老少陆续进到祠中。几乎每家都来祠堂送香，送盘成圆盘的万响鞭炮。祠堂门外空地上，有专门的铳手在放传统的火铳。尺余长的火铳，分三眼和四眼两种，每眼塞硝，用燃烧稍慢的导火索引出，据说是硝塞得越紧越响。火铳威力极大，点燃后发出的声响比十个大药量的爆竹还要厉害。铳手持铳的手上须戴厚的手套，临铳一面的耳内还要塞上东西，以免火铳炸响时巨大的声音伤害耳朵。除铳声外，彩色腾空的焰火和接连震响的鞭炮没有一刻停歇，持续闪起的光影，总在瞬间映亮这沧桑建筑的一角。

傩舞和傩戏都由村中男性戴了脸子上台扮演。戴上脸子的那刻就是神。傩戏是夹在傩舞中间进行的，显然，古老的傩戏，要后起于更为古老的傩舞。

由一老者为主导的数人锣鼓乐队就坐在台上边侧。首场傩舞总是《舞伞》，这是迎神舞蹈，一般傩舞傩戏演出都以此为前导。《舞伞》有九段之多，其间锣鼓喧天并间以断词。在戴童子

龙亭仪仗装厢

脸子的伞童傩神手中，神伞的神圣性和世俗性被不断更替。神伞倒地时，伞童蹑手蹑脚，恐惧不安；神伞被旋转时，又大胆放肆起来，尽情戏耍玩弄。这神伞既是驱鬼逐疫的神器，又是孩童手中的玩具。最后，当将神伞交还村中长老后，这顽皮的伞童，又恢复其傩神之神秘神态。

继之《舞伞》的，是《打赤鸟》和《五星会》。《打赤鸟》由双人表演，一戴俊秀面具者，手举赤鸟道具出台，另一戴黑色凶恶面具者，持弓箭做追射动作，绕场数周，将鸟击毙落地。其间喊断人喊有这样的断词："赤鸟赤鸟，年年下来害我禾苗。今日穿胸一箭，打死赤鸟过元宵。"《五星会》是福、禄、寿、喜、财五星聚会，另有魁星在五星前活跃跳动。魁星右手执木制巨笔，左手握有红布包裹的木制墨斗，寓魁星点状元之意。

此处山村傩戏，有《刘文龙赶考》《孟姜女》《陈州放粮》《花关索》《薛仁贵征东》等几出，但限于时间，每年元宵基本只演其中若干片段。

晚间祠堂傩舞傩戏中的重要一环，是《舞土地》，又名《问土地》，这是每年必做的仪式。

仪式之前，祠堂所有在场者都必须手持一支燃着的细香。土地公公由村中长老戴脸子扮演。戏台右侧的祠堂小边门早已洞开，门环上挂着早晨朝庙时的那盏"荡里姚"防风灯笼。由边门到戏台这一小段空间此刻不允许站人，谓是留给土地公公进祠的通道。鼓乐响起，戴土地脸子的拄杖老者上台。此时无风，而且门环上挂着的灯笼又是玻璃防风的，但奇异的是，灯笼里面原先平静直燃的红烛火焰，唯在此时拼命地向祠内戏台倾斜，似有人从外面进祠，走动产生的风，带动了烛火一般。

土地公公在台上走舞。年首在台下香案边持燃香敬问："老土地公公在上，姚街合门人等，新春以来求问人口一事。"

土地公公在台中央站直，闻问即答："人人清吉，个个平安。老者颜如童少，又加福寿，而添康泰；少者似海水长留，又得名利，而招喜财。男增百福，女纳千祥。1年12月，月月保平安；1日12时，时时多喜庆。天上五星来送福，人间九跃去除灾。"

首问人口以后，再分别继问读书、务农、工匠、商业、天花、丝蚕、六畜、火盗。如此询问顺序，也可见诸事在村民心中的分量轻重。最后求问的，是傩戏一事："老土地公公在上，姚街合门人等，新春以来求问傩戏一事。"

土地公公回答："在于中堂之上，鸣锣击鼓，铳炮连天，金炉内香烟焚焚，银台上灯烛耀煌，尔等香烟齐敬立，神必赐福于满门。"

《舞土地》结束之前，年首又是高声喝喊：

"都来呀——"

"贺！"祠内众人应和。

随之，年首继续喊断，众人继续应和：

我今舞得大团圆。贺！

神喜人喜又一年。贺！

迎来弟子多齐肃。贺！

送往合社更诚虔。贺！

尔等香烟齐侍奉。贺！

神明赐彼福无边。贺！

今朝暂且回宫殿。贺！

来春又到画堂前。贺！

…………

烛火耀红的祠内傩事继续。年代悠久的祠堂天井上方，一轮如洗的圆月，也在静看这一方的人间众生。

最后一场傩舞是《关公登殿》，亦称《关公斩妖》。戏台上，关公坐镇，关平捧印，周仓舞刀斩妖。舞了一阵，斩妖完毕，台上三位突然扔下手中物件，出祠堂正门往外跑，祠堂内六七位青壮年举火把也紧随其后跑了出去。夜深人静的山村巷路上，只有这急匆匆的一行人，在火把抖动闪耀的光照之下，疾速行走，一路上没人说话，也不搭理人，神秘得让人心里发慌。他们要去的地方是村头社坛。到达社坛，所有的人朝社坛跪下，火把熊熊的光焰中，清晨请来的傩神们，被他们一一送回天上。

回到祠堂，人群几已散光。几个男人重新将黎明请出的脸子，严格按顺序装回日、月箱中，恭送到祠堂神台上，此谓之

"送神上架"。这安妥于箱中的三十尊脸子，于是又要酣甜地睡上 1 年，直等到来年正月，再次光临这山村人间。

神回天上。夜已深沉。走出祠堂，之前还吐露清辉的月亮，转瞬已经不见。夜空黑暗，但仍能感觉头顶的乌云，在快速聚拢。电光闪起，初春的雷声如巨型车轮般滚来。顷刻，竟然下雨了！这不可思议的气候之变化，这大自然人世间无法理解的玄妙与神秘，让人心中不禁暗暗生出惊叹！

青海湖

　　连绵的青海长云之下，它是一块青玉。在遥远的、东方低地人们的仰观中，它又是一尊青色的天体。用双手捧起，我品尝过它清冽的咸。这块青玉，或是这尊在梦中旋转的天体，在我的舌尖，它是咸的。它又像是神施舍的一颗巨大的露水，用珍贵的盐分，滋养着人间。

　　青色水波，是最皎洁的肌肤。湖中的岛岸。无法数清的大小卵石间，我遇见并请回一尊弥勒佛，如一颗蚕豆般体积的弥勒佛。像山岳向右倾斜的饱满躯体；玉色圆润之脑；黄色古旧的袈裟遮盖喜庆鼓起的肚皮；同样被黄色袈裟挡住的双手，似乎正合在胸前向人致意；无法辨清眉目，但这尊佛的每一处，都能让你强烈感受到他所散发出的笑意，仁慈、温和、真挚的笑意。现在，背靠着那些中国的书，来自高原的他，就稳居于我目光随时可触的书架之上。

青海湖

唐寺

眼前这座暗红色的质朴大殿，是公元 9 世纪的建筑。深藏于北方刚毅青黛的连绵群山之中，暗红色的寺殿，内敛、雄阔、稳重，富有甘心避世的民间力量感。千年沧桑风雨，它居住于此，见证时光。就像此刻，宠辱不惊。

这座作为全寺核心的暗红色唐朝建筑，虽然只有一层，但面阔七间，有着深远伸出的屋檐和坚固简洁的无数斗拱。它位居于山间高台，殿后即是凿出的山壁，裸露出密密大斜纹的青色岩石。大殿坐东朝西，东、南、北三面皆为山峰环抱，唯西向开阔。地势，就像一张山野人家粗拙却又安妥的椅子。

寺殿的古老是一眼就能看出的。面阔七间的大殿正面，中间有五间做红漆板门，左右最边上的两间和两山后间做了直棂木窗，其余则全部筑壁。殿的正门檐下，悬挂有一块奇特的龟形木匾。因为年代久远，匾上漆色几乎落尽，只残存依稀的宝蓝和暗红。匾上字迹，已经完全显露为木头的原色，但仍然清晰可辨："佛光真容禅寺。"

殿前正中的庭地上，竖立一根雕有佛像的唐代石经幢。我看见了真实的唐朝文字，雅洁劲健，字字镌刻。

据说，这座寺庙的初创年代，要在更早的公元5世纪。彼时，一位北方的中国皇帝巡游至此，看到佛光普照此处山林，故赐寺名为佛光。到公元9世纪，又一位皇帝下诏废佛，在波及全国的灭法中，佛光寺除现在仍存的祖师塔外，其余建筑全被毁坏。废佛的皇帝死后，他的继任者却重兴佛法，眼前的木构暗红大殿，就是那次重建的遗存。当然，当年的重建不止一殿，在此殿底下的寺中第二层平台地面上（全寺随山势筑成平台三层，依次升高），就裸露着巨大唐代覆莲石柱础，表明那里在唐时也曾有过巨大建筑物。

寺殿古老，但这种古老却奇异得毫无衰败之感。掩映于殿前寺中的数十棵高直茂密的大松树，从大地深处拔出勃郁却又年轻的生气，形成祥云，烘托住了这座奇伟却低调的北方山中之寺。

由于战乱动荡，佛光寺曾经长时间沉眠于荒僻乡野，不为外人所知。直到20世纪30年代，著名建筑学家梁思成从一幅敦煌壁画上发现了线索，费尽艰辛，终于找到这座珍贵的唐寺——中国大地上仍存的最古老的木构建筑之一。梁思成这样记述当时寺之湮没情状:"藻井上面的黑暗空间……住着好几千只蝙蝠,它们聚集在脊檩上边,就像厚厚的一层鱼子酱一样,这就使我无法找到在上面可能写着的日期。除此之外,木材中又有千千万万吃蝙蝠血的臭虫。我们站着的顶棚上部覆盖着厚厚的一层尘土,可能是几百年来积存的,不时还有蝙蝠的小尸体横陈其间。"佛光寺内,保留了众多价值无与伦比的唐代彩塑和壁画。寺的确切建造年代,是由梁思成随行的妻子林徽因首先发现的。林徽因当时在一根殿梁的根部,发现了很淡的墨迹,依稀读出这样的字迹:"佛殿主长安送供女弟子宁公遇。"林记起,宁公遇之名,也见于殿前唐大中十一年(857年)所立经幢的刻文中,文中也称其为"佛殿主"。"佛殿主"之名既写在梁上,又刻在幢上,则幢之建造当与大殿同时;即使不是同年兴工,幢之建立亦要在大殿完工之时。于是,殿宇究竟于何年建造,得到证实。

今天的佛光寺,因为地远位僻的缘故,依然少有人至,在山中独自寂寞清静。只开殿前正中一扇暗红斑驳板门的大殿,即使白昼也显昏暗。但人一入其内,顿时就被震撼。同样久远暗红的木格天花板下,是一个巨大的长方形佛坛,佛、菩萨、弟子、童子、天王等数十尊唐代彩色佛像,不分高矮大小,齐齐赫然耸立于佛坛之上,整个场景,犹如仙林,只觉得昏暗的殿内空间,瞬间变得辉煌无比。各像面型丰腴,肌肉圆润。那传神的形体、庄凝的相貌、拂动的衣饰、莲瓣的手势,华贵,

唐朝的字

雍容，熙和，显示出一种独特的凛然稳大气象。我尤其注意到一尊蹲踞着的供养菩萨像，双手端持盛放果品食物的碗盏，她（他）那特别人间又特别出世的悠远柔和面相，令我无法忘记。

这座北方的暗红色质朴殿宇，像一块时间琥珀，唐朝的伟大气息，被完整地保存于殿内。

晋

晋中大地，如果观察它切开的剖面，就可以发现绿、黄、黑三种颜色。绿，是地表的植物；黄，是植物之下的黄土；黑，则是比黄土更为深沉的、等待燃烧的煤。晋，《说文解字》云："进也。日出万物进。"《易》说："明出地上，晋。"晋，像一位谦逊直立的北方武学高手，外表不动声色，内里周流不息：太行和吕梁，是他的静脉；奔腾南下的黄河，是他强劲的动脉。

五台，文殊菩萨道场。"文殊"，对于这两个汉字，我有个人独特的默默理解。身在此地，以肃然虔敬之心，领受"文殊"之佛法光影，用此，浸润我的手中之笔。

晋陕峡谷，我目睹到的大地巨大伤口。此道深切开北方两省的伤口，让人心中既感古老的疼痛，又觉自然竟能壮伟如此。这里是黄河东岸，在雏果初结的苹果林间，我寻嗅一个人血液中的密码和气息。

　　壶口到了。在壶口，你是这样清晰地感知：河流是有生命力的，激荡挣扭、桀骜咆哮的生命强力。黄河，真是一条黄色的怒龙！壶口之瀑，就像我内心独自认识的中国：远观，寂静，只有靠近他、深入他，才会悚然而知他所蕴藏的磅礴巨音。

稻浪之中

　　在旅行者眼里，稻浪，是寂静黄金之奔涌。稻浪之中，潜藏水井和水井中晃动的月亮，潜藏笔直或蜿蜒的道路，潜藏升起炊烟的万千锅灶，以及，在夜晚彻底隐没又在黎明渐渐淡入的故乡和异乡。

　　我所乘坐的，是那种在稻浪之中可以随时停车上下客的县乡班车。车子刚刚驶离一个嘈杂街镇。装满面粉的拖拉机，超载运石头的大卡车，绑了一台电冰箱的电动三轮车，行李在车顶堆得高高的长途客车，来往不歇的大人孩子，全要和我们的车一起，通过这狭窄的乡镇街市。街市两旁的小店全部把他们欲要出售的货物，花花绿绿地摊放在门口，所有的人车，需要十分小心，才能免去压碰它们。像离开一间满是水汽和烟雾的呛人茶馆，车子重又回到秋天原野的稻浪之中，于是，你所呼吸到的，又是稻田之上的新鲜空气。

班车继续行进，在国道和省道之外的公路的狭窄处，那些沉重垂下的稻穗和密集挺拔的稻叶，持续触碰着前行的车体。一个在稻穗的波浪中戴着眼镜、用黑色长伞挑着包袱走路的乡村老人，沉默、专注，让我恍然回到古代。

又一个小站到了。这是无边起伏的金黄稻田深处的一小间青砖平房，门楣上有水泥砌筑的字，字的中央，还有一个已经完全褪了色的小五角星。平房前有一块小小的场地，一边放着两张长凳，一边是孤零零的水果摊和一个正在斩售鲜肉的肉墩头。很快就知道，平房的位置是在村口，因为车子经过平房小站之后，转眼就进入了又一个稻浪中的村庄。村中人家，灶前屋后，到处都是柚子树，枝叶间悬垂的小篮球般的累累青皮果实，让人想到南方独特的丰沛汁液。有健壮的狗，在围着人讨好地起落走跳。很多人家的场地上，已经在晒早先收割的稻子，竹编的长方形席子上，摊晒的稻谷间夹杂了许多还未扬弃的青稻叶。有户人家大门旁的砖墙上，靠着两张桐油新鲜的木制大圆台，圆台背面，墨迹宛如刚写："益平新制。"

一切因为匆匆，都来不及细看。稻叶稻穗的不断触碰中，班车颠簸如船。我要停留的目的地，还在稻浪之中的未知前方。

兰州

在青藏高原东缘的这座古城内部，黄河以它湍急粗拙的身态，一下子撞击着我的视线。虽然已经混浊，却仍然带有雪域寒意的黄河，在南北山脉的夹挤下，莽撞地，将狭长的古城割（隔）为两半。

黄河流动，在我的目睹中，这不是翻滚的河波，这是急速奔涌的北方黄土，又像万千黄皮肤的人类在永恒涌动。"固若金汤"的兰州城，是坚硬的，傲拔的。不动的城与流动的河，昼夜产生摩擦。这是我在兰州独自听到的秘密而又奇异的声音，无论我在何处，它充斥着我的耳朵和内心，并且，还迫不及待地逐渐放大。在河上那座年代久远的钢铁桥上，我听见这种声音；在南关什子汽车和人群的嘈杂中，我听见这种声音；在暮色白塔山顶，我听见这种声音；在"酒香阁"前烤羊肉串摊暗红灼炽的火焰旁，我听见这种声音；在深夜和当地友人的谈话间，我听见这种声音……

此城是广袤中原和无尽西域之间过渡的一个重要节点。与城摩擦着，黄河流动。逝者如斯，不舍晨昏。在东西狭长的兰州城内部，流动着的这条著名河流，是古城人每时每刻可以凝视的一去不返的直观时间。

沉默却又湍急地，黄河经过此城。确实，这是急速奔涌的北方液体黄土，又像万千黄皮肤人类的脊背，在挤撞着前移。暗夜之中，河流的涌动，那么古老，那么倔强。

项羽乌江

在马鞍山汽车站乘前往和县的班车，在"马和汽渡"由东而西渡过长江。上岸不久，眼前所横即为巢湖通往南京的公路。所乘的中巴车左转，开向和县县城；我下车，在白杨夹道的路旁，等候向我右前方开去的过路汽车。很快，就拦到车子；很快，就到达了巢宁公路所要经过的乌江——确切地说，是安徽省和县乌江镇，当年西楚霸王项羽（前232—前202）的自刎之地。

读司马迁《项羽本纪》，对"长八尺余，力能扛鼎，才气逼人"的项羽其人，感佩处有四。其一，少年志向宏大。项羽少时，学书、学剑之时，曾说："书足以记名姓而已。剑一人敌，不足学，学万人敌。"其二，成年胸涵自信。秦始皇游会稽，渡浙江，项羽观而自言："彼可取而代也！"其三，单纯的天真。楚汉久战未决，项羽曾对刘邦说："天下匈匈数岁者，徒以吾两人耳，愿与汉王挑战，决雌雄，毋徒苦天下之民父子为也！"其四，心藏愧意，视死如归。乌江亭长劝羽渡江，羽不渡："天之亡我，我何渡为！且籍与江东子弟八千人渡江而西，今无一人还，纵江东父老怜而王我，我何面目见之？纵彼不言，籍独不愧于心乎？"终于自刎而死。不过，客观地纵看项羽一生，这位江苏籍的前辈，非为英雄，而只能算是勇武无人能敌的千古第一莽汉，如唐代李德裕所言："项氏如虎……虎虽雄而其力易摧。"

乌江镇现存"西楚霸王灵祠"一座，在镇东南的凤凰山上。在乌江下车后，直接乘拉客的三轮残疾车到此，先行谒观。这里已成一个收门票的景区。进得大门，其内山林旷野，寂静无人。景区核心即为"西楚霸王灵祠"。祠内有项羽衣冠冢。水泥方台之上，筑有水泥圆冢，上面覆满杂乱青草。墓前，立有黑色大理石碑，上镌："西楚霸王衣冠冢。"山川未改，斯人何遽。又想起杜牧在此写下的那首著名的历史假设性诗篇《题乌江亭》："胜败兵家事不期，包羞忍辱是男儿。江东子弟多才俊，卷土重来未可知。"

出灵祠景区，顺乡间的灰尘土路，独向长江边漫走。转一个弯，空旷荒寂的江滨野地里，蓦见一亭，孤零零地立在远处一条应该直通长江的浅河边。走到近前，暗红之亭是用水泥立柱撑起的两层飞檐高亭，有简易台阶通上。亭旁竖有石碑一方，

西楚霸王灵祠

正面写有"驻马河"三字，背面碑文稍详："驻马河又名止马河。因项羽驻马于此而得名，为乌江亭长舣舟待项王渡处。"原来，眼前的浅河是驻马河，那么，眼前的亭，应该就是舣舟亭或项王亭了。天地萧瑟，野树带风。公元前 202 年隆冬，楚汉争霸的最后殊死搏斗，就是在我此刻脚下的土地上终结。那位"力拔山兮气盖世"的三十岁"重瞳戟髯"的男人，就是伏剑于此。顿时，江畔秋日的空旷中，觉一股雄烈之气凛凛而在。清人朱彝尊曾记载一事："崇祯乙亥流寇陷和州，掠乌江，忽阴霾昼晦，四野若列屏障，寇不敢犯而退，盖王之英爽塞天地间。"确实，吼鸣山岳动，叱咤风云生，从这点讲，项羽是古今一人而已耶。

回到乌江镇上。路边喧杂的喇叭，在不间断地做着"蒙古羊毛衫"的促销广告。摆满菜摊的十字街头，我在一处彩条塑料布搭的棚子底下坐定，让那位束白色围裙的摊主，给我下一碗她的小馄饨。彩条棚子外面，走来一位老者，在向行人兜售他拎在手中的一只斑斓野鸡。微躬的身体，苍黑的容颜，恍惚间我突然觉得，他，是否就是昔日那个劝渡项王的乌江亭长？

驻马河与舣舟亭

　　伟大磅礴的混凝土。漆黑灿烂的优质沥青。鲜红铁汁般流淌、蔓延的标准工厂。

　　白雪枝头的一芽淡黄蜡梅，被埋在混凝土、沥青和铁汁的工厂底下。

　　伟大磅礴的混凝土。漆黑灿烂的优质沥青。鲜红铁汁般流淌、蔓延的标准工厂。

　　薄冰晃映黎明霞光，夜里凝结了两缕草枝的沟渠薄冰，被埋在混凝土、沥青和铁汁的工厂底下。

　　伟大磅礴的混凝土。漆黑灿烂的优质沥青。鲜红铁汁般流淌、蔓延的标准工厂。

　　用长长的麻绳系着木桶，从井里提上来的冒着热气的满桶井水，被埋在混凝土、沥青和铁汁的工厂底下。

伟大磅礴的混凝土。漆黑灿烂的优质沥青。鲜红铁汁般流淌、蔓延的标准工厂。

除夕泥灶头上桑柴的熊熊火焰和大铁锅里炖猪头的扑鼻香气，被埋在混凝土、沥青和铁汁的工厂底下。

伟大磅礴的混凝土。漆黑灿烂的优质沥青。鲜红铁汁般流淌、蔓延的标准工厂。

人家木门上的春联，炸响在池塘畔的新年爆竹，大人孩子嬉笑着串门拜年的好话，被埋在混凝土、沥青和铁汁的工厂底下。

伟大磅礴的混凝土。漆黑灿烂的优质沥青。鲜红铁汁般流淌、蔓延的标准工厂。

烟绿的柳色，白蜡烛般开在井台后院的玉兰花，被埋在混凝土、沥青和铁汁的工厂底下。

伟大磅礴的混凝土。漆黑灿烂的优质沥青。鲜红铁汁般流淌、蔓延的标准工厂。

一锄头挖下去，翻起来的泥土，所散发出的热烘烘的好闻味道，被埋在混凝土、沥青和铁汁的工厂底下。

伟大磅礴的混凝土。漆黑灿烂的优质沥青。鲜红铁汁般流淌、蔓延的标准工厂。

长到墙根的油绿麦苗，倾斜着一泻千里的金黄油菜，被埋在混凝土、沥青和铁汁的工厂底下。

伟大磅礴的混凝土。漆黑灿烂的优质沥青。鲜红铁汁般流淌、蔓延的标准工厂。

人家的老虎窗前，燕子露珠般一滴两滴飞掠的呢喃，被埋在混凝土、沥青和铁汁的工厂底下。

伟大磅礴的混凝土。漆黑灿烂的优质沥青。鲜红铁汁般流淌、蔓延的标准工厂。

寂静柏树的坟，被埋在混凝土、沥青和铁汁的工厂底下。

伟大磅礴的混凝土。漆黑灿烂的优质沥青。鲜红铁汁般流淌、蔓延的标准工厂。

第一声青蛙鸣叫的夜，被埋在混凝土、沥青和铁汁的工厂底下。

伟大磅礴的混凝土。漆黑灿烂的优质沥青。鲜红铁汁般流淌、蔓延的标准工厂。

钢蓝的闪电连接远山和村庄的烟囱。雷雨。已经被瓦檐的水注溢的那只废弃铅桶，被埋在混凝土、沥青和铁汁的工厂底下。

伟大磅礴的混凝土。漆黑灿烂的优质沥青。鲜红铁汁般流淌、蔓延的标准工厂。

旋转，枫杨树淡绿色旋转的、精灵似的串串翅果，被埋在混凝土、沥青和铁汁的工厂底下。

伟大磅礴的混凝土。漆黑灿烂的优质沥青。鲜红铁汁般流淌、蔓延的标准工厂。

午饭前的门前池塘，在淘米箩白色的水晕间灵活出没的穿

江南

条鱼，被埋在混凝土、沥青和铁汁的工厂底下。

伟大磅礴的混凝土。漆黑灿烂的优质沥青。鲜红铁汁般流淌、蔓延的标准工厂。

端午，旧黄竹匾里母亲包好的碧青粽子，被埋在混凝土、沥青和铁汁的工厂底下。

伟大磅礴的混凝土。漆黑灿烂的优质沥青。鲜红铁汁般流淌、蔓延的标准工厂。

绿云般的村树间，唤醒了人们午间瞌睡虫的阵阵蝉响，被埋在混凝土、沥青和铁汁的工厂底下。

伟大磅礴的混凝土。漆黑灿烂的优质沥青。鲜红铁汁般流淌、蔓延的标准工厂。

一只晾衣竹篙上叮凝不动的红色蜻蜓，被埋在混凝土、沥青和铁汁的工厂底下。

伟大磅礴的混凝土。漆黑灿烂的优质沥青。鲜红铁汁般流淌、蔓延的标准工厂。

从县城归来，沾满草叶和泥巴的自行车轮胎，被埋在混凝土、沥青和铁汁的工厂底下。

伟大磅礴的混凝土。漆黑灿烂的优质沥青。鲜红铁汁般流淌、蔓延的标准工厂。

黑暗的竹床下面，晶莹剔透的蟋蟀初叫，被埋在混凝土、沥青和铁汁的工厂底下。

伟大磅礴的混凝土。漆黑灿烂的优质沥青。鲜红铁汁般流淌、蔓延的标准工厂。

放了座钟、观音像、热水瓶和其他杂物的长台上，切开西瓜后的甜蜜红汁，被埋在混凝土、沥青和铁汁的工厂底下。

伟大磅礴的混凝土。漆黑灿烂的优质沥青。鲜红铁汁般流淌、蔓延的标准工厂。

亭亭摇曳的野荷，被埋在混凝土、沥青和铁汁的工厂底下。

伟大磅礴的混凝土。漆黑灿烂的优质沥青。鲜红铁汁般流淌、蔓延的标准工厂。

灿烂繁星，从木梁的屋顶天窗望出去的灿烂繁星，被埋在混凝土、沥青和铁汁的工厂底下。

伟大磅礴的混凝土。漆黑灿烂的优质沥青。鲜红铁汁般流淌、蔓延的标准工厂。

涂女孩指甲的凤仙花，一簇一簇像茂密森林的红白晚饭花棵，被埋在混凝土、沥青和铁汁的工厂底下。

伟大磅礴的混凝土。漆黑灿烂的优质沥青。鲜红铁汁般流淌、蔓延的标准工厂。

水井里破碎又慢慢复原的一轮圆月亮，被埋在混凝土、沥青和铁汁的工厂底下。

伟大磅礴的混凝土。漆黑灿烂的优质沥青。鲜红铁汁般流淌、蔓延的标准工厂。

中秋各家自烘的芝麻馅甜饼，被埋在混凝土、沥青和铁汁的工厂底下。

伟大磅礴的混凝土。漆黑灿烂的优质沥青。鲜红铁汁般流淌、蔓延的标准工厂。

从田野上收集，插在玻璃瓶里的蓝色马兰花，被埋在混凝土、沥青和铁汁的工厂底下。

伟大磅礴的混凝土。漆黑灿烂的优质沥青。鲜红铁汁般流淌、蔓延的标准工厂。

深秋的风起，村庄中落尽了叶子的树们，被埋在混凝土、沥青和铁汁的工厂底下。

伟大磅礴的混凝土。漆黑灿烂的优质沥青。鲜红铁汁般流淌、蔓延的标准工厂。

初霜，连同窗玻璃上初显的美丽冰花，被埋在混凝土、沥青和铁汁的工厂底下。

伟大磅礴的混凝土。漆黑灿烂的优质沥青。鲜红铁汁般流淌、蔓延的标准工厂。

木门半掩，漏出的灯光所映照的屋外白雪，被埋在混凝土、沥青和铁汁的工厂底下。

伟大磅礴的混凝土。漆黑灿烂的优质沥青。鲜红铁汁般流淌、蔓延的标准工厂。

刚刚出笼、热气腾腾的红绿团子，被埋在混凝土、沥青和铁汁的工厂底下。

伟大磅礴的混凝土。漆黑灿烂的优质沥青。鲜红铁汁般流淌、蔓延的标准工厂。

稻麦种子般的一粒乡镇，十粒乡镇，一百粒乡镇，一千粒乡镇，一万粒乡镇，被埋在混凝土、沥青和铁汁的工厂底下。她们，从此失去呼吸。

混凝土：伟大磅礴；

优质沥青：漆黑灿烂；

标准工厂：如鲜红铁汁般流淌、蔓延……

临川梦

　　"白日消磨肠断句，世间只有情难诉。"临川城内宽敞深奥的玉茗堂里，辞官回家的汤显祖（1550—1616）正在做梦。他的梦中，旋舞着一朵朵黄心绿蕊、高洁皓白的玉茗花。这种仅产于临川，不与牡丹争艳，愿与星月同辉，被黄庭坚称为仙圣所育的玉茗花，是汤显祖的至爱，所以，他甚至以此花命名新构的家宅。他的梦中，不仅有出世的花，还有绝尘的人，那个"淡东风立细腰，又似被春愁着"的"人中美玉"杜丽娘。这位美丽的女性，在汤显祖的梦笔之下，为情而亡，又因情复生。睡眠中的汤显祖，泣之，喜之，不能自已。

　　汤显祖的梦中人杜丽娘，同样有梦。她的梦，是中国文学史上最牵动人心的一场经典春梦。"偶到后花园中，百花开遍，睹景伤情，没兴而回，昼眠香阁。忽见一生，年可弱冠，丰姿俊妍。于园中折得柳丝一枝，笑对奴家说：'姐姐既淹通书史，何不将柳枝题赏一篇？'那时待要应他一声，心中自忖：素昧平生，不知名姓，何得轻与交言？正如此想间，只见那生向前，说了几句伤心话儿，将奴搂抱去牡丹亭畔，芍药栏边，共成云雨之欢。两情和合，真是个千般爱惜，万种温存。欢毕之时，又送我睡眠，几声'将息'。正待自送那生出门，忽值母亲来到，唤醒将来，我一身冷汗，乃是南柯一梦。"

400 年后我来临川，所住之处，选择邻近汤显祖墓园的一家宾馆。墓园在城中一座敞开式的公共园林之内，黄昏时分，园内树林荫翳很深。虔敬立于墓碑之前，谒拜眼前这位嫉俗耿介、有着生花妙笔的前辈作家。墓旁新修一亭，名曰牡丹。亭内数位中老年男女正在拉琴唱歌。旧日的戏剧之音与今天的高亢歌声，似也有着血脉上的千丝万缕的联系。这家宾馆是部队系统的招待所，往来时见绿色军人。晚餐就在住地的餐厅吃。棍子鱼。抚州藕丝。夜幕之中，在赣产四特酒的微醺里，我恍惚看见，整个临川城就是一座幽暗的舞台，隐约显示的牡丹亭的布景前，走动着汤显祖、杜丽娘和柳梦梅。娉婷的杜丽娘仿佛正在念唱："妾身杜丽娘鬼魂是也。为花园一梦，想念而终。当时自画春容，埋于太湖石下，题有'他年得傍蟾宫客，不在梅边在柳边'。谁想魂游观中几晚，听见东房之内，一个书生高声低叫'俺的姐姐，俺的美人'，那声音哀楚，动俺心魂。悄然蓦入他房中，则见高挂起一轴小画。细玩之，便是奴家遗下春容。

后面和诗一首，观其名字，则岭南柳梦梅也。梅边柳边，岂非前定乎！因而告过了冥府判官，趁此良宵，完其前梦。"

"⋯⋯⋯⋯⋯"

有关汤显祖，我记着他与他老师的一次对答。

老师："君有如此妙才，何不讲学？"

他答："此正吾讲学，公所讲是理，吾讲是情。"

有关汤显祖，我还记着他自书的一副堂联：

身心外别无道理，静中最好寻思；

天地间都是文章，妙处还须自得。

牡丹亭

去往古城儋耳

海南三亚汽车总站喧杂而局促。异于大陆车站的，是此处人流混挤的喧杂和局促间，有一种被大海的波浪冲刷过后的盐渍之感。从某个小小的窗口内买了一张三亚到那大的长途汽车票。那大，儋州市府所在地，奇怪的地名，是那么大？还是那个大？检票上车，散发莫名异味的长途大巴上空荡荡的，只有三四个乘客。一个身材奇矮、目光阴郁的男子，抱了一叠铅印的小册子上车，他不说话，在车上的每个人身边放下一本他手里的小册子。我翻了翻，封面是《最新纪实》，封底的字是："各位顾客，您好！我们是残疾下岗特困人员，不靠国家救济，以卖书报来养家糊口，请您奉献一份爱心，购买一些书刊，衷心地感谢您的心意，谢谢！"片刻，这个目光阴郁的矮男子，沉默地一个接一个地站在每个人的身旁。我付 3 元钱，买下了一本他的册子。印制十分粗糙，里面内容有"美国军嫂贪图奢华用砒霜毒死丈夫骗保隆胸""南京出现第三者委托业务调查情人夫妻感情""一武警战士得少林真传，可挥纸币断铅笔""世界上身价最高的朝鲜女明星"等。司机上来了，随同的还有两个押车的男子。发动。大巴驶出车站。很快，路边就陆续有人招手上车。等大巴开上了海南西线高速时，车内已经坐了七八成。

海南西部的高速公路冷清得几乎荒凉，车辆很少，两旁不断出现茂盛的芭蕉林。热带的弧形天空中，飘浮着从东南亚大海上空过来的散漫云朵。一切皆空旷而寂静，让人心生莫名惆怅。坐在车内，好像重温了以前从马六甲乘大巴前往吉隆坡的类似感觉。莺歌海。东方市。昌江。一路闪过的地名陌生又似熟悉。西线高速似乎并不封闭，仍不时有一两个或三五成群的人招手上车，大巴是逢人就停。出三亚车站时空荡荡的车内，现在是连过道都挤满了坐小板凳的各色乘客。看一眼，很容易就能判断出同车者的身份，抱着婴孩回娘家的，出差做生意的，一大帮人外出打工的，回家的，无所事事的。两个押车的男子不再空闲，一前一后在挤着数人头收钱卖票。

1097年6月11日，六十一岁的苏轼（东坡）从广东雷州徐闻县递角场渡海，越琼州海峡，到澄迈县通潮驿。在琼州（海口）逗留十余天后，7月2日到达贬所儋耳（今儋州中和镇）。

对于此次暮年被贬天涯，东坡已经失去生还之望。渡海之前，苏轼在《与王仲敏书》中云："某垂老投荒，无复生还之望，昨与长子迈诀，已处置后事矣。今到海南，首当作棺，次当作墓。乃留手书与诸子，死则葬海外……"

弟苏子由送东坡渡海。分手之际，轼笑谓子由曰："岂所谓道不行，乘桴浮于海者耶！"

到达贬所后，苏轼作《到昌化军谢表》（儋耳宋时称昌化军）："臣孤老无托，瘴疠交攻，子孙恸哭于江边，已为死别，魑魅逢迎于海上，宁许生还！"

我到古城儋耳，是想寻看、感受 900 年前的前辈苏东坡的遗迹和气息。

我少时就读的小学，是江苏宜兴的东坡小学，即当年东坡书院所在地。而远在遥远南国的儋州中和古城，苏轼的海外被贬处，竟也有一间东坡书院，这是一种缘分。家乡宜兴古称阳羡，是东坡先生当年最后离开海南，北迁回归大陆时心中的归老地。因此，这种缘分中，又多了一份深刻的系结。

中和镇曾是古代儋耳郡的治所，早先城池简陋，只以竹刺等为天然屏障。明朝洪武年间开始以石砌城墙，经年完成，辟东西南北城楼为德化门、镇海门、柔远门、武定门，城垣之宏伟气象，据说为当时海南第一，号为"天南名镇"。

从地图上看，到中和镇不必到本班汽车的终点那大（儋州），可以适当提前下车。我身旁坐的是一直在嚼槟榔的小青年，他不知道去中和镇应该在哪里下车；再问押车的卖票人，也语焉不详。后来很巧，新上车的一位三十多岁的男子，他说他也是到中和的，于是，跟着他，在海南西线高速 109 公里处下了车。

高速公路路基很高，跨过防撞护栏，发现竟有一架梯子可以走到底下的地面。依靠梯子下到地面，发现有个神情古怪的老者坐在不远处的一把破椅子上。也去中和的男子告诉我，梯子是老者竖在那儿的，从梯子下来的人要给他一块钱。于是走过去，给了一块钱。

一条乡村公路垂直着穿越于高速公路之下。沿着它，就可以到达中和。和男子坐在路旁地上等车，一头独自漫步啃草的老牛参与了我们的等待。在过去了几辆标有"儋州—新英"的中巴之后，终于，"儋州—中和"的车来了。

招手。停车。上车。

到中和多少钱？

两块钱。

东坡笔下，海南环境恶劣如斯："岭南天气卑湿，地气蒸溽，而海南为甚。夏秋之交，物无不腐坏者。""九月二十七日，秋霖雨不止，顾视帏帐有白蚁升馀，皆已腐烂，感叹不已。"

初来岛上，苏轼父子生活艰辛。"海南连岁不熟，饮食百物艰难。""父子相对如两苦行僧。""食无肉，病无药，居无室，出无友，冬无炭，夏无寒泉。"

东坡慨叹："登高望中原，但见积水空。此生当安归，四顾真途穷。"

这是通往大海的乡村公路。寂静，狭窄。只偶尔会有一辆摩托呼啸而过。像虚幻的抒情电影中的场景。

中巴车内人不多，我很舒适地坐在前排靠窗位置。卖票的妇女在和司机闲闲地用方言聊天。此间的地势是海滨丘陵，所以公路常有好看的起伏，路两旁全是茂密高大的热带树种。西北方向的大海气息，强劲地弥漫过来，在呼吸中你会有清晰的感知。这是中国的琼、粤、桂三省和越南的东南部所夹的北部湾的大海气息。

中巴开到了一处三岔路口，左手应该是前往"新英"，我们的车往右拐。这里是空旷的红壤土地。土壤的红色，在周边绿色植物的衬托下，更显猩烈。空荡寂寞的路口，只有一个拎包的蓝衣裳少女，孤零零地等在这里。她是去新英，还是儋州？她没有招手让我们的中巴停下。她孤零零地站在这无人的绿树红壤的海滨丘陵间。我莫名地联想起遥远大西洋一侧的那个缅因州画家怀斯，想起他的白色窗纱被吹拂飘起的《海风》，想起一个少女在海边坡地上的那幅《克里斯蒂娜的世界》。

儋耳地方官张中待东坡很好。"而东坡之在儋，儋守张中事之甚至。"张中让苏轼父子暂住行衙，并整修官舍，为他们准备住房。"一瓢时见分"，经常送酒给东坡。后被朝廷派访的官员发觉，东坡被赶出官舍，后来张中也因此事被罢官。

东坡遂于城南桄榔林下结茅居住，当地百姓及其从学者"运甓畚土助之"，五间茅屋搭成，轼命名为"桄榔庵"。苏轼给朋友信中说："近与小儿结茅数椽居之，仅庇风雨，然劳费亦不赀矣。赖数十学者助工作，躬泥水之役，愧不可言也！"

中巴车停在中和镇尾。下车处围了许多红色的简易载客机器三轮车，车主大多数是中年女性。和同到中和的男子一起上了一辆车。三轮车穿镇中一条最纷杂热闹的主街道而过。同车男子在镇中心的理发店前下来，说是理个发再回家。和他告别，我继续坐车往东坡书院。似乎是穿越了整个中和镇，从镇的另一头出去，远远地，看见了红色围墙、门口有虬枝大树的东坡书院。

东坡书院原名载酒堂。东坡谪贬儋耳的次年春，地方官张中邀他同访儋人黎子云兄弟。当时座中有人建议，在黎子云旧宅泂上建屋，作为以文相会之所。东坡欣然同意，带头凑钱，并取《汉书·扬雄传》"载酒问字"典故，命其屋为"载酒堂"。明代更"载酒堂"名为"东坡书院"。现在此处是全国重点文物保护单位。

书院寂静，除了一位中年妇女和一位男青年两个工作人员外，寂然无游客。

在海南中和的东坡书院内，旺盛生长的植物首先给我以深刻印象。农历十二月，院内载酒亭旁的池塘里，开满了粉红的精细睡莲。盆栽的三角梅，热情恣肆，怒放似火。载酒堂的院子里，一棵芒果树，一棵凤凰树，同栽于1738年，枝繁叶茂，都要两人才能合抱；因为健硕的老树生存于此，时光中的书院显得稳静。还有一种狗仔花，可惜我没有看到花，据说花开之时，花蕊如五犬围坐，形象逼真。关于此花，还有一则跟苏东坡与王安石有关的民间传说。相传当年王安石写过两句诗，云"明月当空叫，五犬卧花心"。东坡读到后认为不合事理，遂改此二句为："明月当空照，五犬卧花阴。"安石知道后，笑东坡见闻不广。后来东坡谪居儋耳，看见了狗仔花和明月鸟，才恍然大悟，明白当年错改了荆公的诗——看来，这则传说是更爱荆公者所撰。

书院主体建筑载酒堂内，陈列有历代来访者的诗文碑刻。杨万里、虞集，以及今人郭沫若、田汉、邓拓的访谒之诗历历在目。其中郭沫若写于1962年的《儋耳行》一诗，用想象中与坡公对答的口吻写成，充满时代特色，颇有意思。沫若有答东坡曰：

我道江山俱无恙，人间却已换新样。

天下为公迈虞唐，人民运命手中掌。

青年不复有文盲，地主富豪已埋葬。

农业基础工业纲，国防巩固逾金汤。

科学务登高峰上，超美超英不遑让。

服务工农为文章，劳心劳力无低昂。

珠穆巍巍天苍苍，三面红旗放光芒。

黄河正使不再黄，四海东风常骀荡。

堂内有一幅刻于大理石上的《坡仙笠屐图》，我注视良久。此图据称系唐寅所作，着屐戴笠，拎起衣服在泥泞中行路的东坡，栩栩如生。同刻于画幅上方的一段题记，犹如点睛之笔："东坡在儋耳，一日访黎子云，途中遇雨，从农家假笠屐着归，妇人小儿相随争笑，群犬争吠。东坡曰：'笑所怪也，吠所怪也。'觉坡仙潇洒出尘之致，数百年后犹可想见。洪武十年仲春之月浦江宋濂题。"

出书院时，在大门边侧的小卖部略做流连。摆放在柜台里的七八种书中，我选了两种最薄最旧，已经蒙有灰尘的非正式出版的小册子，一种是《桄榔庵、东坡书院历代诗选》，一种是《天涯雪爪：苏轼居儋事迹及诗选注》。付钱时，书院工作人员之一的中年妇女面露淳朴的热情之色，原来，这两本印制于 20 世纪 80 年代的小册子，它们的编著者"谢良萧"，正是她的父亲。她的这位父亲，热衷于收集整理地方文史，也曾在书院工作过。门房的一堆书中，我独独选买了他父亲编的这两册不起眼的小书，妇女觉得我与他们父女有缘。

苏轼的《试笔自书》作于1098年，即到达海南的次年，此段文字，苏轼已恢复放旷豁达的一贯心境：

"吾始至海南，环视天水无际，凄然伤之，曰：'何时得出此岛耶？'已而思之，天地在积水中，九州在大瀛海中，中国在少海中，有生孰不在岛者？覆盆水于地，芥浮于水，蚁附于芥，茫然不知所济。少焉水涸，蚁即径去，见其类，出涕曰：'几不复与子相见，岂知俯仰之间，有方轨八达之路乎？'念此可以一笑。戊寅九月十二日，与客饮薄酒小醉，信笔书此纸。"

中和古城现在还残剩西门和北门两座城门，即原来的镇海门和武定门。东坡书院位置在镇的东郊。向谢姓妇女打听去这两座城门的走法。她先是为我详细指点，后又似觉不妥，便和那个书院男青年讲了几句，然后过来，有些不好意思地跟我说，你看能不能出5元钱，让他骑摩托车直接送你去？当然好的。于是，坐在男青年的摩托车后面，我重新返回，沿着城墙边颠簸的泥石绿树小道，摩托车停在了中和的某座城门下。

苏轼被贬天涯的生活常态，从下列诗句中可以想见：

"寂寂东坡一病翁，白须萧散满霜风。小儿误喜朱颜在，一笑那知是酒红。"

"溪边古路三叉口，独立斜阳数过人。"

"北船不到米如珠，醉饱萧条半月无。"

"半醒半醉问诸黎，竹刺藤梢步步迷。但寻牛矢觅归路，家在牛栏西复西。"

好酒的苏轼偶也有酒可饮，不过他的酒量一般。"吾饮酒至少，常以把盏为乐，往往颓然坐睡。人见其醉，而吾中了然，盖莫能名其为醉为醒也。"有时他自己酿酒："庚辰岁正月十二日，天门冬酒熟，予自漉之，且漉且尝，遂以大醉。"

远离大陆，独岛飘摇，孤寂是难免的。他的《倦夜》诗云：

倦枕厌长夜，小窗终未明。

孤村一犬吠，残月几人行。

衰鬓久已白，旅怀空自清。

荒园有络纬，虚织竟何成。

砖砌的城门洞。荒僻。密集翠绿的植物像无数人的蓬乱长发，遮掩局部坍塌的城楼城墙。连通城门的无人土路。被树夹拥。满地黑塑料垃圾。城门透来的巨束光亮。砖砌的密实与沧桑。硕大城砖。细薄城砖。缺角破损。渐化为泥土的城砖。深绿藤蔓垂挂。城门内新砌的低矮水泥长椅。偶有牛车蹒跚进出。灰渣的地。城门口的微型土地庙。联纸褪红。"平安""福泽""福德兴旺"。水泥井台上的污迹。挑粪桶的农妇。纵横的电杆电线。发黑的屋墙。路旁堆垒的木柴。散漫绿树。捐锄头戴斗笠者。不时可遇的牛。横停的板车。因没有排水暗沟而大片发黑的污水泥泞。啃青黄牛的仁慈大眼。"淑气盈门"。门楣红联。黄色洁净的两头牛犊在交相私语。花冠公鸡。静气母鸡。摇摆鹅鸭。睡在泥草中的超肥母猪。黑色。八头黑色仔猪在挤着喝奶。牛粪。大摊的牛粪旁徘徊或散步的孤独母鸡。巷中横流污水。随处可见的屋角石狗。又名石敢公。辟邪、守巷之神。由麻点的苍黑珊瑚石雕成。唐宋遗物。猪屎。蔗渣。污水中倒映清亮云天。出武定门的牛车。捐钉耙的老者微笑视我。卷起裤腿的他"出城"锄地。又是城门涌来的巨束光亮。残存的护城河被绿覆拥。寻访到的东坡井。波浪状的石质井栏。深深的绠痕记载古今。仍在使用的泉井。东坡参与亲凿。曾"夜与诸生王霄携壶汲水于此"。

乐观既是东坡天性使然，又是他修炼身心之结果。无论身处何种困境，东坡不忘生活的艺术化。

譬如，他的《汲江煎茶》（作于 1100 年）：

活水还须活火烹，自临钓石取深清。

大瓢贮月归春瓮，小杓分江入夜瓶。

雪乳已翻煎处脚，松风忽作泻时声。

儋耳古城

枯肠未易禁三碗，坐听荒城长短更。

譬如，他与当地朋友的尽兴夜游：

己卯上元，予在儋州，有老书生数人来过，曰"良月嘉夜，先生能一出乎？"予欣然从之。步西城，入僧舍，历小巷，民夷杂糅，屠沽纷然。归舍已三鼓矣。舍中掩关熟睡，已再鼾矣。放杖而笑，孰为得失？过问先生何笑，盖自笑也。然亦笑韩退之钓鱼无得，更欲远去，不知走海者未必得大鱼也。

　　走回镇里主街。我感觉饥饿，便找地方填肚子。镇中心小广场是个繁闹集市，长排的水果摊，露天的花花绿绿服装摊，各式铺于地上的菜摊杂处一起。有三四个老太和一个抱婴儿的年轻女人，围坐着一个摊子在吃东西。摊子中间是一大坨淡绿的凉粉样的吃食，谁需要，同样是老太的摊主就会刨下一些，盛在一次性塑料小碗里，加上作料递给你。作料有辣的和甜的两种。因为摊周围都已坐满了人，我就在附近服装摊旁的米线摊上坐下。米线摊暂时没有其他生意，摊主是位良善洁净的大嫂。她很快帮我做了一碗，雪白的米线间，拌有咸菜、花生米和酱小虾，十分鲜美。边吃边和她聊天。当她得知我从很远的地方来就是为了看看中和这个镇后，非常惊讶，又很是自豪。她告诉我，她的儿子在河北读旅游方面的职业技术学院，毕业后可以到五星级饭店工作，她问我江苏有没有五星级饭店。说到饭店，我问卖米线的大嫂，中和镇上有没有旅馆。她说集市前面的楼上原来有一个的，话刚说完，她就要我慢慢吃，她去替我看一看。未及阻止，她就不顾摊子帮我去看了。一会儿回来，很遗憾的样子，对我说已经没有旅馆了，而且镇上其他地方也没有。我吃完了，付了钱后，又问大嫂镇上还有没有老街。她立即回答有，就在这边市场的后面。她一定要领我去。我说你摊子都在这里，又没有人代你照看，不要去了。她说摊子没有人要的，反正不远的。坚辞不过，只得领受大嫂的好意，跟着她穿过纷乱菜摊和小巷，到达了复兴老街。道谢告别时，心里充满的是实在的感动。

东坡在儋耳，总是教人作文写字。

"葛延之在儋耳，从东坡游，甚熟。坡尝教之作文字，云：'譬如市上店肆，诸物无种不有，却有一物可以摄得，曰钱而已。莫易得者是物，莫难得者是钱。今文章，词藻、事实，乃市肆诸物也；意者，钱也。为文若能立意，则古今所有翕然并起，皆赴吾用。汝若晓得此，便会做文字也。'又尝教之学书云：'世人写字，能大不能小，能小不能大。我则不然，胸中有个天来大字，世间纵有极大字，焉能过此？从吾胸中天大字流出，则或大或小，唯吾所用。若能了此，便会作字也。'尝为作《龟冠》诗送其行，葛以语胡苍梧，苍梧为记之。此大匠诲人之妙法，学者不可不知也。"（《梁溪漫志》，费衮著）

葛延之，《韵语阳秋》作者葛立方之从兄。《韵语阳秋》载：

"东坡在儋耳时，余三从兄讳延之，自江阴担簦万里，绝海往见，留一月。"

海南历史上的第一个进士符确，就是东坡的学生。

复兴街确实是一条有特色的老街。青石铺筑街道，疏朗通透，绿树婆娑。街道两旁的建筑风侵雨蚀但依然完好，带有民国风格。每幢旧楼的灰泥浮雕图案和各种镂空纹样，均清晰可见。几乎家家都有廊檐，即使雨天，也可坐在门前檐下做事说话。我顺街一路走看，在街梢又遇一座土地庙，这次不是微型的，而是结实稳健的独立屋宇，檐下挂有三只旧红灯笼。庙门两侧的对联已有残破，但仍可看清："小地育人杰共感福恩深似海；街坊材质美同歌德量重如山。"门畔墙上贴着的，是一张依然鲜艳的红纸"公告"，抄录在此："二月初二土地诞到来了，现将有关事项告示如下：1. 凡参加酒宴者一律交款 20 元。2. 需出童羊者，购不到羊亦可交来 200 元。3. 需出喜酒者每人再交 15 元。4. 七十岁以上老前辈免款，并请自觉出来不再另行通知。5. 小孩吃粥免款，大吉大利。6. 交款时间：于农历正月廿八至二月初一止。希参宴者抓紧时间交款给丁兆珍前辈。大家高兴的事，大家出来帮手。"本片"公告"旁边，还有"土地诞收款名额"和"支出"红纸各一张。从这些内容来看，中和古镇，古风犹存。

东坡仰慕陶渊明，他甚至以渊明诗为药。"余闻江州东林寺陶渊明集，方欲遣人求之，而李江州忽送一部遗予，字大纸厚，甚可喜也。每体中不佳，辄取读，不过一篇，惟恐读尽，后无以自遣耳。"

东坡贬儋时只带陶渊明一集，柳子厚诗文数册。常置左右，称为"南迁二友"。在海南苏轼曾遍和陶诗。他给苏辙信中说："古之诗人，有拟古之作矣，未有追和古人者也。追和古人，则始于东坡。吾于诗人，无所甚好，独好渊明之诗。渊明作诗不多，然其诗质而实绮，癯而实腴，自曹、刘、鲍、谢、李、杜诸人，皆莫及也。吾前后和其诗，凡一百有九篇，至其得意，自谓不甚愧渊明。今将集而并录之，以遗后之君子，其为我志之！然吾于渊明，岂独好其诗也，如其为人，实有感焉。渊明临终《疏》告俨等：'吾少而穷苦，每叹家弊，东游西走，性刚才拙，与物多忤。自量为己，必贻俗患，俯仰辞世，使汝等幼而饥寒。'渊明此语，盖实录也。吾真有此病，而不早自知，平生出仕以犯世患，此所以深愧渊明，欲以晚节师范其万一也。"

远在天涯的中和僻地，民间处处可见中原文化的深厚影响。也许，这也可归功于东坡当年的传授之力？

在镇中漫走，我常常看见结婚的喜联。某户人家乌黑墙壁上的大红喜联是："嘉宾光宴席，淑女喜临门"，横批为："珠联璧合"。横批两边各贴一个双喜字。在双喜字的旁边，还各有一张小红纸，这边是"关雎"，那边是"麟趾"。奇异的是，所有的结婚喜联，即使联语不同，但均有"关雎"和"麟趾"两张红纸贴于两旁。查考一下，两词源出中原的《诗经》。《毛诗序》："《麟之趾》，《关雎》之应也。""关雎"，寓淑女配君子；"麟趾"，寓子孙兴旺。

其实，地名"中和"二字，也正是中国中原文化的核心载体。经典《中庸》有云："喜怒哀乐之未发谓之中；发而皆中节谓之和。中也者，天下之大本也；和也者，天下之达道也。致中和，天地位焉，万物育焉。"中和之义，大矣哉。

东坡在海南曾自算命运。

其一。"东坡居士迁于海南，忧患不已，戊寅九月晦，游天庆观，谒北极真圣，探灵签，以决馀生之祸福吉凶。其词曰：'道以信为合，法以智为先。二者不相离，寿命已得延。'"苏轼"览之悚然，若有所得"。并且自解："道不患不知，患不疑；法不患不立，患不活。以信合道则道疑，以智先法则法活。道疑而法活，虽度世可也，况乃延寿命乎？"

其二。《儋县志》载：东坡在海外，他对儿子苏过说："吾尝告汝，我决不为海外人。近日颇觉有还中州气象。"乃涤砚索纸笔，焚香曰："果如吾言，写吾平生所作八赋，当不脱误一字。"既写毕，读之大喜，曰："吾归无疑矣！"

因为镇中没有旅馆，所以决定到儋州过夜。

仍然回到下车的镇尾，上了等停在那儿的一辆中和开向儋州的末班车。

疲倦的古城之内，黑蓝的大海的暮色，宛如卷册间东坡淡淡墨痕的暮色，弥漫下来。

冷清的中巴车开始驶动。海与墨的浓暮之中，它载着我，告别中和，前往 45 公里外的儋州城。

1100 年 4 月 21 日，朝廷下诏，允苏轼回内地居住。6 月初离开儋耳，6 月 13 日到达澄迈县。6 月 20 日夜，东坡渡海北归。

北归渡海之夜，东坡作《六月二十日夜渡海》：

参横斗转欲三更，苦雨终风也解晴。

云散月明谁点缀，天容海色本澄清。

空余鲁叟乘桴意，粗识轩辕奏乐声。

九死南荒吾不恨，兹游奇绝冠平生。

　　震撼。置身于西渚，太湖西岸这处美丽的江南腹地，立刻，你就会被眼前遍坡漫野的累累残陶所震撼。栗林间，是陶片；菜花旁，是陶片；茶垅中，是陶片；湖水畔，是陶片；目光所触，全是堆积的、破碎的宋代陶片。这些残存的陶片，大都来自一种叫作"韩瓶"的器皿。或是口沿，或是肚腹，或是系耳，或是底座，青草藤蔓间随意捡拾两块，敲击一下，它们发出的，便是清脆的、千年以前的宋代声音。

　　乡野之间，累积成山的陶片，是历史的全息承载体。这些带有火焰和手痕的陶片，只要凝视它们，往昔的画面，就会逼真地赴来眼前：

　　轮盘旋转，双手和泥浆互动，似乎是瞬间，素朴的陶泥，就变成了一尊尊修长、沉稳的陶瓶；

龙窑内部，是炽热火焰中静静的陶器；尚滴油脂的松枝，不断地被塞入窑的投柴孔中，愈加熊熊的火焰，在无边黑夜里，映红山林平野，映红太湖，映红紧邻大海的幽暗江南；

那个金戈铁马的时代，韩世忠、岳飞们所率的精壮兵勇们，又一次击溃金兵的来犯，歇营之时，他们的身边，全是此地烧造的陶质四系瓶罐，到处可见脸上存有血污的疲乏汉子们，仰起脖子，抱着陶瓶，或饮酒，或汲水。

…………

太湖西岸的宜兴，系苏、浙、皖三省交界之地，自古即为陶都。宜兴东南部的丁蜀镇，以出产紫砂茶壶著名；宜兴西南部的西渚一带，则多产陶质瓶罐。

西渚镇的古窑群，主要分布在该镇筱王、大地、中窑、五圣、潘山岕、白塔、九古墩等自然村，在相邻的溧阳戴埠的神山、包家、东干、宥里等地，亦有分布。相传这一带共有古窑九十九只，现已发现的窑址有五十多处。其中，西渚九古墩自然村周围就有九只，此村之名，也由此而来。

宜兴之为陶都，并非偶然。宜兴地处长江下游的太湖之滨，境内山岭连绵，河湖纵横。山区蕴藏丰富陶土，盛产竹木薪炭，同时又有舟楫交通之便，所有这些，都是制陶业得以存在、发展的先决条件。而且，早在原始社会，宜兴就有从事制陶业的原始居民。

和丁蜀镇烧造紫砂茶壶历史悠久一样，西渚镇的制陶业也

244

时日深远。

早在春秋战国时期，现西渚集镇旁边的猪婆山，就曾是人群居住点，出土过大量的民用陶瓷残片。

20 世纪 80 年代，西渚镇吾桥村一对夫妇在挖沙时，挖出一条长八米、宽一米的独木舟，同时在舟内挖出若干只陶罐，经南京博物院专家考证，为汉代独木舟，舟内陶罐，也为汉代烧制。

南宋时期，猪婆山因紧靠屋溪河缸窑湾码头，交通十分便利，人们便在山脚下建起了一座龙窑，出产生活用的陶瓷。当时，猪婆山已成为周围古窑群的核心，传说山上有一面硕大金锣，每到点火或出窑的时候，只要敲打一下，方圆几十里都能清楚听到。

丁蜀镇烧造紫砂茶壶的窑火，由古持续至今，从未中断；而西渚镇古窑群的烧造时间，则主要在宋代，部分窑址延烧至明初。

宋代以前，在西渚神山四周方圆几十里的范围内，满山松树，人群稀少，陶土资源丰富，同时又有太华山脉形成的戴埠河和屋溪河，这些都是此处百座窑群得以形成的局部地理硬件。同时，古窑群的发展，也受当时的政治军事形势影响。南宋时期，金兵大举南下，宜兴与溧阳两地山区成为抗金前线，当时丁蜀镇一带比较发达的陶瓷业，因长期战乱，遭到严重破坏，于是人们便向西渚一带转移，开发新的窑场。西渚古窑和丁蜀镇的一样，均属用松枝作燃料的龙窑。从堆积状况看，西渚窑群产量巨大，应是宋代宜兴乃至江南地区日用陶瓷的重要产地之一。

此地产品，主要有四系坛、四系罐、小缸、执壶、瓶、盆、碗等，虽难称精美，却质朴实用。产品胎为灰褐色，施亮青釉。因胎色较深，施釉后器表略近褐色，而且釉层较薄，施釉往往不及底。造型工艺为拉坯成型，部分器物修坯不够精细，表面保留有一种独特的旋坯纹。器具的流、系、把等，则采用粘接法。

宜兴西渚镇当年的陶瓷产品中，以韩瓶为大宗和代表。

韩瓶是一种筒形陶瓶，用拉坯成型。瓶样均为小口，弧肩，直腹，下部斜收，小平底，饰旋纹，双系或多系。瓶体厚胎，看上去豪放沉稳。瓶外略施一层薄薄橄榄色青釉，器型具有宋代修长之感。经龙窑内的千度高温烧成后，呈灰棕色或黄绿色，瓶的肩部有瓶耳，高度有的约二十厘米，有的三十多厘米，可系细绳或麻线，便于携带。

韩瓶名称的由来，和南宋那段抗金的风云岁月密切相关。

由于当时南宋小朝廷偏安临安（浙江杭州），金兵屡屡进犯，战争连绵不断，而宜兴又处于保卫杭州的重要防线，宋、金决战接二连三。

据有关史料介绍，宣和二年（1120年），金兀术大举南犯，韩世忠以偏将随王渊出兵抗击，使金兵北逃过江。此次战役，世忠以八千兵大战十万金兵，著名于史册。

宋钦宗靖康二年（1127年），金兵大举入侵江南时，岳飞展开了他抗击金军的戎马生涯。高宗建炎三年（1129年），由金将兀术统领的金兵再次南侵，岳飞见形势危急，于是率兵来到宜兴坚拒金兵，并在宜兴张渚张家大院成立指挥部，在附近牛头山、太华山、神山一带设下埋伏，大破兀术，收复建康，迫使金兵北返，并斩下金常胜将军王权的头颅。而后，连续在宜兴、常州、南京抗击金兵，四战兼捷，岳飞因此声名大振。1984年，宜兴市文物普查时，时任西渚镇文化站站长的万正初在筱王村隔壁的包家组，曾发现一块岳飞墓志铭，高约一百厘米、宽约七十厘米，刻有"岳飞生平"，字迹清晰，现收藏在宜兴市文管会。

在韩世忠、岳飞抗金战役中，这些韩瓶作为战略物资，被广泛使用。

至于韩瓶的具体用途，历来说法不一。

有人说是水壶，有人说是酒坛，也有人说是井里的打水桶。甚至有一说认为，韩世忠所率之部是以北方人为主组成的军队，北方人不善水，而江南多河渠江湖，军士们是把这种酒瓶当作"救生衣"，平时装酒，一旦遇到紧急情况渡水时把酒倒掉，把空瓶绑在身上，就可以泅水了。因为陶瓶沉重，此说恐难成立。

现在普遍的认识是，抗金时韩世忠军队都用这种样式的罐作饮水壶，才取名韩瓶。近现代一些地方志史，也有这样的记述。《松江府志》记："酒瓶山，在青龙镇，相传宋韩世忠以酒饷军，瓶积成山，遗址尚存。"《盐城乡土史》说："世忠在盐城三个月，保境安民，金兵未敢来犯；新中国成立后，在风谷村和苏咀等地，当地称为'韩墩''韩王城'的地方，曾出土了一批群众称为'韩坛''韩瓶'的陶器，就是当年韩世忠军队留下的生活用品。"

韩瓶是否真的就是韩家军、岳家军的专用呢？专家认为，其实，宋元时期，在如今江苏、浙江、上海、安徽等地的寻常人家，家家都在使用此物；尤其是江南地区，只要每发现一口这一时期的古井，几乎均会出土若干这样的釉陶瓶。这就充分说明，当时的韩瓶已是人们普及的生活用品。之所以叫韩瓶，仅仅是百姓对英雄的崇敬之誉。至于说有些地方大批量出土韩瓶，倒的确可能与当年其地是韩家军、岳家军的驻地有关联。

明清时期，民间还普遍用韩瓶储装腊月花瓣上的雪水，封口后埋入土中，等来年取用。腊月里采集的雪水长久不会坏，非常适用于沏茶、治热毒病，尤其对小孩更为灵验。于是，有些地方的人们又称此瓶为"雪瓶"。

窑火早已熄灭，不过，行走于西渚镇的筱王、五圣、九古墩等自然村，累累的韩瓶残片堆积如山。这些残碎的陶片，沉默或者滑泻，从时光深处呈现于此，在江南的腹地，它们似瀑流一般，依然——如此激涌、锋利。

韩瓶残片

幻（江南・续）

细雨之暮。城乡公交式中巴。车窗外的稻田。青色、移动、沉重。南方水稻。南方百姓食物。金色干燥的收获，还需等待时日。坐你前面的那个青年妇女，因座椅前方的空间狭小，她把一条腿伸出在车内走道上。黑色丝袜被丰满粗壮的大腿绷得紧紧。你记得她。曾在灰暗县城郊外的桥上招手拦车。精致鞋跟沾满点点泥浆。包内手机响起。她似乎不情愿地拿出接听："知道，你们先吃，我就回来了。"神情是冷的，充满一股对生活的无奈、惆怅、甚至，莫名怨恨。雨暮。雨暮路旁的树。持续不断的泛青稻田。经过的村镇。路边饭店肮脏的玻璃橱窗上，你看到的字样是："天目湖鱼头。白芹。乌米饭。周城羊肉。溧阳茶叶。草鸡蛋。风鹅。"

天已经擦黑。仍然细雨。你在终点，苏、皖两省交界处的一座乡镇下车。一同下车的，只剩一对说当地方言的男女。车站在镇外。撑伞，向灯光闪烁处的镇内走去。夜。雨。镇。烟酒店。店堂昏暗的小超市。"帅锅辣妹"店。夜雨中的镇政府大楼崭新。一个女孩从某个店中冲出，冒雨往路边垃圾桶内倒垃圾。"前面左拐向前，就有个鑫源宾馆，是我们镇上有名的。"她回答你。丁字路口的"鑫源"。发光字体的店名旁，还有某些笔画已完全暗了的"桑拿""足浴"字样。一个老板样的男人。坐在低低的服务台后面。"我们这个宾馆是镇上最干净的，生意最好。"他发烟给你。一个穿内衣的中年妇女冒出来，领你去开房间的门。一楼角落房间，空阔湿冷。咝咝响亮的日光灯，更是加重空阔湿冷的主观感觉。放下背包，拿伞，关房门，用钥匙锁上。你出去找饭吃。

　　幽暗老街。黑暗中湿漉漉的连绵香樟街树。卖瓜子花生的炒货店在收摊。店门前有巨大遮雨棚的一家排档还在营业。夫妻店。雨棚下的临时灶上，女人忙碌。火焰不时舔上平底铁锅，映红她的一侧面孔。案板边的男人，正在将堆成小山的、在滚水里走过的青菜切碎，这是为明天早晨的包子馅做准备。三个头发染色的小伙子，在简陋桌旁，埋头吃油汪汪的炒饭。女人让你看盛放在不锈钢盆中的菜。很肥的酱烧块肉。牛肉。蔫了的煎蛋。咸菜。热腾腾的豆干。你要的面条好了。热烫而香。而啤酒是凉的。饥饿的胃，再次充实。黑暗的街道。积雨偶尔闪光。新华书店的乡镇分部就在大排档旁边。空荡荡。一个因酒液而脸红的男子，正在跟门口收银机旁的女子搭话。你进去。学生用书。农业种植书。包装精美的大部头郭敬明。杂七杂八的文具。空荡荡的书店。浓墨团团般的湿香樟。美特斯邦威专卖店。一个男孩在试衣，他的母亲站在一旁。转角处老式的"社渚旅社"。集装车厢般的烧烤摊。音响巨大、衣裤如林的服装超市。你又转进一条与主街垂直的背巷。巷中水洼漆黑或闪亮。巷口卤菜店正在关门。你看见盘子里还剩下最后半只咸鹅。雨逐渐大起来。落在水洼、铁棚、屋瓦、树叶、玻璃上，发出不同声响。巷中漆黑。而在另一头，一家灯火雪亮的服装工厂还在沸腾一片缝纫机的喀喀声响。

回到"鑫源"。空阔湿冷。打开热空调。房间渐渐温暖干燥。洗澡热水很大。无愧是可以桑拿的旅店。烧水。泡自带的宜兴红茶。是互动数字电视。电视机上方，贴有一块牌子，强迫你去注意：鑫源汗蒸中医足疗馆项目表。内容如下：足疗类。柠檬水晶泥，50分钟，48元。老姜热疗，50分钟，58元。圣宫火足疗，60分钟，78元。足疾一扫光，60分钟，68元。藏药，50分钟，48元。保健类。酒火理疗，50分钟，68元。中医松骨，50分钟，58元。火罐理疗，38元。刮痧，30分钟，38元。泰式保健，60分钟，78元。精油开背，60分钟，78元。采耳，15元。修脚，15元。刮脚，10元。捏脚，10元。你打开电视。香港彭浩翔的《志明与春娇》。楼厦丛林间的吸烟男女。男主人公的性感女友，她端起红酒杯的纤纤手指上戴有一枚戒指。

清晨你很早醒来。雨停天晴。退房出门，直接走到公路边等车。在偏静处打一遍拳活动身体。这里是江苏境内，你准备前往安徽境内的梅渚镇。车窗内放着去皖省"郎溪"小牌的私人小面包车很多，你随便上了一辆。在中途的梅渚下车。此镇仍存一条20世纪七八十年代风格的狭窄老街。亲切世俗的烟火气息。老式的店铺比邻而排。在老街末梢一家空间局促的早餐铺坐下。小馄饨滚烫。漂青色蒜叶。局促空间内，一对夫妻在吃粉丝砂锅，一位年轻母亲在喂她的婴孩吃炒面。聊天。说到梅渚旁的定埠镇。年轻母亲说，她就是定埠人，嫁到梅渚来了。定埠已经撤并给梅渚了，那里还是几十年前的样子。告别。在镇尾叫一辆三个轮子的红色"三卡"，去定埠。一个从镇上回家的提篮老汉和你同车。

稻浪中，树木夹拥的乡村公路，起伏、清新而美。6.5公里。奇异的地方。古老的胥溪河（传说为春秋时伍子胥开凿，据称是世界上第一条人工运河）分开苏、皖两省。河两岸都叫定埠，一座残破的水泥高桥连接两地。皖省定埠，地形曲折，人气聚集，摊贩摩肩接踵，杂乱的肉墩头鱼摊、菜摊、服装摊、水果摊、蔬菜种子摊、烤香肠摊、包子摊、蛋糕摊几乎将所有的空地占满。苏省定埠，街阔房新，却人气散逸。和桥上闲站的吕姓老者聊。吕老七十有五，苏省定埠人，却一直在河对岸的皖省定埠供销社工作。他言皖省定埠撤并给梅渚镇后，破败没有发展，"你看那边地上到处是坑洼污水，也没有人管"。两省以水泥桥中间为界，安徽桥段摆满小菜摊，江苏桥段空着，"因为这边有人管，不许摆摊"。脚下的胥溪河属芜申运河之一段。芜申运河正搞拓宽工程，因此两岸定埠都有民房需要拆迁，见有"珍惜发展机遇，积极配合拆迁"横幅。在两个定埠各转一圈，遂辞别此地，在皖省定埠这边，跳上一辆开往郎溪的中巴。

夫妻中巴。丈夫开车，妻子收钱，夫妇俩只有四五岁的小女儿熟睡在车盖上。乡野公路，植物围绕，乘客零落。经过某处，一女子陪一老妇在等车。应该是母女。老妇上车前，女儿将手中塑料袋装着的一只烤鸭递给她。老妇刚踏上车，女儿将一张百元纸币扔了上来，老妇连忙捡起，趁车门未关上时，又扔还给了车下的女儿。

到郎溪。皖东南的一个县城。郎溪招商热气腾腾，似乎到处都是工业开发园区。因为土地价廉，据称仅是苏省无锡，就已有七百家企业搬来此县（郎溪土地每亩2万元，无锡是25万元还不易批到）。你无意在县城停留，在车站，下了定埠到郎溪的中巴，去了趟厕所，就直接转上停在一旁待客的前往十字铺的车。十字铺镇在郎溪县南，素以产茶著名，有"江南茶海""中国绿茶之乡"之誉。进镇之前的公路两旁可见连片绿色茶园。但因此镇地处交通要冲，国道、省道、宣广高速、宣杭铁路都经此地，所以在镇中已感受不到丝毫茶镇的清凉。

决定去另一个古镇水东。水东在宣城市宣州区境内。从你携带的地图上看，十字铺到水东，有一条县乡道相连。但当地人告诉你，此路只到姚家塔，再前面就是山，不通；到水东应该先从十字铺乘车到宣城，再由宣城转车到达。十字铺、宣城、水东，在地图上构成一个三角形，按照当地人指点的走法，无疑多走路。在十字铺街头找到一辆前往姚家塔的中巴，再咨询司机。司机告诉你，他的中巴终点是姚家塔，要到水东，可以翻山过去。那就先到姚家塔。中巴出镇，很快拐入山中小道，持续往山乡僻静深处行驶。山道窄美。问司机怎会通车至如此山中僻远地。答曰，姚家塔有矿区，萤石矿。

山乡小村。寻一吃饭小店填饱肚子。详细问清翻山路线。姚家塔女店主又用手机帮你叫来一辆小车，说到山脚下还有一段路，可以乘车过去。乘车。枝叶擦窗。司机一路诉说农村医疗改革现状的种种不是。停车处叫刘家冲，一个更小的山中自然村落。小车返回。你开始翻山。大树参天，绿意泼眼。路边有一新立石碑，名"刘家冲村名碑"。起首几句为："县南袍笏岭下有刘家冲，村以姓名。是村也，四望崇峦郁郁葱葱，刘冲河纳百泉之水串村而过。山中珍禽异兽有之，名木古树有之，白鹇麋鹿逐行其间，松柏桧檀婀娜千姿。更有古树参天挺拔有劲，万亩竹海青翠欲滴。其中枫榧银杏七株古树矗立村中，均在数百年以上，人称七姐妹。”

山中一人，万籁俱响。到得山顶，有残旧古寺“天泉庵”。寺住一僧，与你迎面相撞，彼此吃惊，继之相视而笑。僧人继明，黄色僧服，皖巢湖人，58岁，来此仅为一个月。你们共坐一条长木凳说话。寺名“天泉”，是因山顶寺中奇异有井，相传为雷击而成，故有此名。话题涉及禅宗、柏林寺、净慧法师、弘一、律宗、生死、欲念、永恒。他满足于山中的独自清静。他领你看寺旁的茂盛菜地。“我来的第一件事就是种菜，你看现在我一个人都吃不了。”奉100元以为供养，辞别继明。你下山。道中枯枝败叶，腐木断竹。下得山来，路旁茅草及膝。上何村。下何村。村庄整洁。村外稻田寂静。路旁深涧中，有三五少年在电溪鱼。村人告诉你，沿着村道一直朝外走就到水东。午后。村道空寂，无人无车。乡村大自然的清新气息扑面袭来。大步走路。身后有摩托声响。拦。坐人摩托。风驰电掣。前头村上，已经载我的摩托又载上一人，共赴水东。

水东。少见的南方深厚朗润古镇。水阳江孕育。水阳江，源出皖、浙交界的天目山区，流入长江。“始建于隋唐，繁盛于明清，皖东南最重要的水运码头和最活跃的商埠集镇”。枣木梳子、老鹰茶。此镇特产。街上买芝麻馅的麻糕吃。依然活着的古老方形大井，井畔人在洗汰，镇中随处可见。

出水东。路边等车。前往宁国。青翠美丽皖东南山城。晚餐。经年的山城众友。重聚。亲切如归。座中有初识的宁国中学李为民校长，温厚诚挚，长者之风蔼然。婉谢友人挽留。次晨一早出发。步行半个宁国城至汽车站。去广德。

广德。古城门。北宋天寿寺塔。塔旁数人合抱的巨大银杏。树身缠满红布。已为神树。犹记盛暑至此，那特别的夜，那夜晚街边大排档的冲天热烈红焰。广德老车站。破旧的去往"牛头山"的中巴。你坐司机一侧。拐下主干公路后，道路随即泥泞坑洼。车摇如舟。司机骂自己地方："全中国就安徽的路最差了！"传说中的"牛头山"。奇特的"长广"。中巴在山麓街上的丁字路口停止。你下车。转角处店堂空荡的快餐铺。孤零零的玻璃卤菜车。不时有载重卡车卷尘接连而过。牛头山地属安徽省广德县新杭镇，却是 1958 年成立的浙江省长广煤矿集团公司（简称"长广"）总部所在地。街旁自留地里给菜浇水的男人——前煤矿工人告诉你，长广长广，一半在浙江长兴，一半在安徽广德。牛头山这个地方，一条街上有两所学校，一个安徽的，一个浙江的；一条街上有两个公安局，一个安徽的，一个浙江的；一条街上有两所医院，一个安徽的，一个浙江的；一条街上有两个电话区号：0563 和 0572。"煤挖得差不多了，人都快搬光啦。"日渐败落却骨架依存的煤矿街镇。据称长广最盛时有 10 万人，安徽牛头山的浙江长广公司，司法、教育、邮政、电力、铁路（特地修筑）、医疗、餐饮曾经一应俱全。你在新街上一家簇新的小餐馆吃过饭后，转它的老街。墙体上砌有水泥字"长广旅馆"的褐色水泥楼，呈现过去年代的破败冷落，犹如时光塑造并矗立的长广墓碑。街上总见酒后脸色酡红的三两男女。"招待所大酒店"院中满地鞭炮红屑。大小饭店杂置。橘皮蔗屑随处。重卡呼啸扬尘。洗头美容店并排。总有描画精细的俗艳女子，出没街头或散坐店门。某种行业的兴隆发达。街边超市买一瓶"农夫山泉"，在牛头山落满灰尘的街树路旁，你搭上属于浙江的公交中巴。槐坎—煤山。在车厢内拥挤的人群体味和袭来的困顿睡意中，你前去下一个地方：浙江长兴县城。

长江上

从局部看，舷外眼底的江波，是变幻不居的密集字迹，东方朝代与人事的亿万秘密，被它记载。从整体看，这是一条矫健游动着的水质青色巨龙。它是真正活着的：仁慈地承载、滋养、奉献。偶尔，因为无法忍耐的愤怒，也会膨胀身躯，显示泛滥的力量。

我的眼睛所看，几乎和古人一样："夹江千峰万嶂，有竞起者，有独拔者，有崩欲压者，有危欲坠者，有横裂者，有直坼者，有凸者，有洼者，有鳞者，奇怪不可尽状。"

我的耳朵所听，除了轰响的轮船机器声，仍然是古代延续至今的众多声音：波浪声、桨声、橹声、风声、星光溅落声、山花怒发声、暮色弥漫声、鸟声、号子声（已消失）、水涌声、雨声、猿声（已消失）、月光流泻声、日出破云声。

长江

江山。国家的另一个名词。哺育文明的浩荡江水和重重山脉。

我与这条水质的青色巨龙沉默对话。江与我之间，这是一场特别的输液。雄韧、自信而强劲，他们不知的长江能量，源源激涌着，正灌注独属于我的笔底汉字。

屈原故里

早上 8 时,从秭归港上岸。从江边到上面,台阶很多很高。下船的人只有零落几个。独自背着包直走到上头,回转看看,碧青的长江无声涌流在身后。秭归客运港估计新造不久,空荡荡的,很气派。有拉客的上来,问是否去看三峡大坝和九畹溪。在秭归港门口空地上,坐上一位中年男人的小面包车,说好 10 元去汽车站。男人面善,他知道屈原。我问他到屈原老家是不是先要到归州,他说不用,在客运中心直接有到乐平里的车,屈原的老家不就是乐平里吗。"乐平里",这个书中的地名,在秭归,第一次从一个当地人口中出现,心里有暗暗的亲切。沿江边公路,很快就到"秭归县客运中心"。

客运中心正对大江,感觉位置很高。门口停了各式私人车辆,不停有人问你到哪里。进到车站里面,在售票窗口买前往乐平里的车票。12元。售票员给出车票。拿在手中一看，票上注明的是"茅坪—前山坡"。三峡大坝建起后，这里的地名有点让人头晕。据说原来秭归县城在归州，归州被淹后，新县城搬来了茅坪。而被淹的老归州，又择地建起了新归州。茅坪就是秭归，那么前山坡是否就是乐平里？正待要问售票员，在一旁看着我买票、像等客的司机模样的两个男人，主动热情地向我解释，到乐平里的车，票就卖到前山坡，上车后再补票。既然如此，为什么不直接卖出到乐平里的票？疑惑。发烟给这两个司机男人，和他们探讨，今天9点的车到乐平里后，能否再赶到宜昌。一个男人说能，另一个男人则说时间危险，因为乐平里没有出来的车了。

9点中巴车准点从客运中心开出。司机窗前下方的一块小牌子上写着：茅坪—乐平里；中巴后窗上贴的大字是：茅坪—三闾。

车内很空，乘客除了我，还有一对老夫妻带了一个刚会走路的男孩，一个从县城买了东西回去的农村女性，一个脸形瘦削、带了一只女式拎包、看起来年纪很大的山里老者。我向司机说明是到乐平里，问是否现在补票。他说不急，到了再补。俯视窗外，不时可以看见有植物一样青颜色的长江或长江支流。曲溪。松树坳。中坝。兰陵溪。杉木溪桥。九曲恼。沿途所经之地。坡上山谷路旁，全开满了旺盛的槐花。嫩绿树叶间，成

乐平里

串成串白雪般的槐花，没心没肺，只是尽情绽放喷香。还有油润新发的樟叶。还有成片的漫上山峰的茶园。还有接近成熟的油菜籽。还有长满眼睛的蚕豆花。接下来是许多的隧道。横墩岩隧道。仙女山隧道。棕岩头隧道。九畹溪大桥。抬上坪隧道。鲤鱼潭隧道。出鲤鱼潭隧道，见到路上"屈原镇人民欢迎您"的老旧牌子。再过跌牛沟大桥，中巴车便一路转着弯向下行驶，直到长江边的新滩渡口。

等渡。我们的中巴车前面，还有几辆汽车和摩托。这里的长江水极清，像莹润的蓝绿之玉，看了让人心生喜欢。李白所谓"江色绿且明""楚水清若空"，在此仍可得到现实的确切印证。早前读陆游《入蜀记》，知陆游曾在新滩遇险。公元1170年，"（农历十月）十三日，舟上新滩，由南岸上及十七八，船底为石所损。急遣人往拯之，仅不至沉。然锐石穿船底，牢不可动。盖舟人载陶器多所致。新滩两岸，南曰官漕，北曰龙门。龙门水尤湍急，多暗石，官漕差可行，然亦多锐石，故为峡中最险处，非轻舟无一物，不可上下"（《入蜀记》卷六）。渡船来了。一只大的铁驳，由一只作为动力的轮船并排牵引。所有车辆由人导引着上了铁驳。于是渡船离开南岸，向江北驶去。在船上，一个双手拎了鼓鼓囊囊大小塑料背心袋的年轻人和司机说了声，上了我们的中巴车。渡船犁江而行。此处的长江两岸，重叠的青山连绵如黛，山谷间偶显的白云，悠闲慢游。

渡了新滩，重新上岸的中巴车又一路转着弯向上开去。到顶，便是屈原镇的政府所在地。这里，就是车票上写明的"前山坡"。至此明白，车票上的"茅坪—前山坡"，实际就是"秭归—屈原镇"。镇中有一个小广场，广场中央是醒目的屈原塑像。从这里向下看，青山夹抱的长江，真是一块不规则的蓝绿美玉。在镇卫生院前，上来一个和司机熟识的中年妇女。带小孩的那对老夫妻在邮政所前下车。渡船上临时上车的、拎了好多背心袋的年轻人也准备下，他用我基本听得懂的方言，问司机要付多少钱。面部皮肤细腻的中年司机回答说 5 元。年轻人当即变色，"你当我是外地人啊！妈了个 ×，你当我是外地人啊！下次你还要不要从这里过！妈了个 ×！……"中年司机虽然脸显愤怒，但似有顾虑，"你嘴里干净点。好好好，不要你的钱行了吧，你下去吧"。"妈了个 ×，你小心点！"拎背心袋的当地年轻人扔下三张 1 元的纸币，下车去了。年轻人走远，刚上车的妇女劝司机消消气，她拿出一塑料袋的鲜艳樱桃，给司机，也给车上的每一个人吃。我拿了两颗，她又热情地抓了一捧给我："同乘一辆车是缘分，吃吧，没关系的！"

离开前山坡，中巴车重新在重重叠叠的大山间千回百转地穿行。路旁牌子显示这条狭窄的山路是"屈峡路"，从秭归县屈原镇通往兴山县的峡口镇（兴山是王昭君故里）。在某一接近山顶的荒僻岔路口，车内那位带了女式拎包、年纪很大的老者要求下车。扶着车门慢慢地下到地面，司机提醒需要再补 5 元钱的票。他从口袋里仔细摸出的 5 元纸币，卷得像一根非常精致的细竹棒。至此，我们这辆在山中孤独地起伏穿行的车内，只剩了四人：司机，从县城买了东西回来的农村女性，在前山坡卫生院前上车并分发樱桃的妇女，还有我。

我坐在司机右方的最前座。路上没有一辆交会或赶超的车辆。山路狭险，急弯众多，一边是山壁，一边往往就是犹如深渊的山谷。长江已经看不见了。司机对路况极熟，即使急弯，也不减速。我坐在前面，转弯时眼看中巴车前面的车轮就要驶出路面，却于瞬间又安然无恙驶回正路。不由自主地，脚心一阵阵发热。终于，那位分发樱桃的妇女告诉我，快到了，俯瞰下去山谷里那个星点般的山村，就是乐平里。这时中巴车却停了下来，因为前面一辆装石头的小卡车横停在路上，几个当地农民，正在路旁的山体上敲凿岩石，然后把从山体上分离开的小块石头，通过搭在车上的跳板，搬或抬上卡车。中巴车司机将车安静地停下来，并不按喇叭催促；前面装石头的人也不言语，只是加快了他们的动作。我下车活动一下。两朵白云从远处的山中静静移来，青色空谷里鸟声清脆，近处的空气，则被嗡嗡的蜜蜂震动；浓劲的春天新生植物气息夹杂花香，弥漫此刻这个似被外界完全遗忘的偏僻世界。复又上车。前面的卡车快要装好石头了。我问司机，为什么车子开到乐平里，票却只卖到前山坡？司机答说，从前山坡到乐平里的路还不符合客运标准，所以车站的票只卖到前山坡——在秭归客运中心的买票疑惑得解。约过了20分钟，横在路上的小卡车装好石头开走，我们的中巴重新启动，一路转下山去。

正午12点，我找寻的乐平里，诞生中国文学史上第一位伟大诗人屈原的、藏在长江北侧崇山峻岭间的这座微小山村，到了。

中巴车停在挂着"屈原镇屈原村村民委员会"牌子的房子前。和同车人道别，下车。紧挨村委会的楼屋前面的水泥场上，闲坐着三四个人。我问他们哪里有饭吃。其中一个中等身材的年轻女子站起来对我说，这里就有饭吃。这时我看清她家大门上方的玻璃上，贴着"餐饮住宿"字样，由于粘贴不牢，"餐"字已经奋拉下来。女子问我吃5元的还是8元的饭，5元是素的，8元有荤。告诉她吃8元的。她进到里间准备。其间她家一个十八九岁的小伙子，对我这个突然来到的陌生人很是新奇，问长问短，还掏出烟发给我抽。很快，女子将饭菜端了出来。一盘分量很足的炒菜，一碗饭。炒菜内容很杂，计由辣椒、豆干、洋葱、肉片、豆芽、药芹等混炒而成，微辣而咸，很下饭。泡了杯她家的绿茶，吃饭吃菜喝茶，很舒服地填饱了肚子。吃饭时候，原来坐在外面的一个抱婴儿的高瘦女子也进来。问他们村里有什么屈原遗迹，发我烟的小伙子抢着回答，有屈原庙、照面井、读书洞，答完又问给我做饭的年轻女子，那个牌坊也可以让他去看看是吧。我心里这时决定，今晚就住乐平里。

问女子这里是否可以住宿，她说楼上有房间可以住。决定了住下，就不着急赶了。饭毕，我打算先休整一下，悠闲地坐着喝会儿茶。年轻女子、抱婴儿女子、小伙子三人也开始坐下吃饭。问他们的关系，年轻女子介绍：抱婴儿的是她嫂子；嫂子手中的婴儿是她自己的儿子，才三个月大；问那个小伙子是她什么人，在嘻嘻哈哈的方言中我最终没有搞清。女子建议，屈原庙以及和屈原庙同方向的牌坊，我自己先去看；照面井和读书洞在山上稍远些，可以等她老公回来骑摩托车带我去。感谢并遵照这个建议。

我吃饭人家所在的这小块地区，应该是这个山村的中心，因为周围紧邻的，除村委外，还有一家兼卖彩票的类似供销社的烟酒杂货店，一家理发店，一家卖鱼的小店，一家标明是正宗重庆风味的"屈香卤菜"店等。这里的地名叫法也稍显复杂，过去都叫"三闾"，现在正式的名字叫"屈原镇屈原村"，但当地人还是习惯叫"乐平里"。喝了两杯茶，把携带的背包放到楼上房间，我一人出门。

出门右走，再左转，马上就见前方一座小山顶上翘檐白墙的屈原庙。在这里，你才能感受到，整个乐平里，是处在四周群山包围的一个相对平缓的谷地中间。视线远近，全是橘树，屈原诗篇中描写过的橘树。橘树正值花期，碧绿的橘叶间，满是星星点点或大或小的纯白花蕾，有少部分已经完全绽放，民间的花香浓郁袭人。"后皇嘉树，橘徕服兮。受命不迁，生南国兮。深固难徙，更壹志兮；绿叶素荣，纷其可喜兮。"（《橘颂》）两千多年前的诗人诗篇，仍在描述着眼前之物之景。顺屈峡路向前走，路旁是一条已然干枯了的宽阔溪沟，后来我知道它的名字叫凤凰溪。小山顶屈原庙之下的溪沟上空，架有一座破旧摇晃的木板铁索桥。我决定先去看前面的牌坊，返回时再上山拜屈原庙。转了个弯，经过一座学校，校牌是"秭归县屈原镇屈原中小学"。背靠青山的校园内，童声喧杂，旗杆上的一面红旗在风中有力地飘扬。屈峡路到此是短暂笔直的一段，一边是卵石累累的溪沟，一边是成片的橘林。向前望去，在路的左侧，已经看见了牌坊身影。走近。这是一座修建于1982年的四柱土红色牌坊，上书"乐平里"三个大字。虽然修建年代不长，但牌坊本身已显风雨驳蚀之相，在蓝天、青山、绿树和泛白水泥山路的映衬下，端庄简洁，很有古意。牌坊边上，还有三两块字迹漫漶的石碑，其中一块所书内容为：楚三闾大夫屈原故里。牌坊前面的柑橘林地上，有五六个妇女正在锄地松土。和她们打招呼。她们说这种活每年都要干，地里被剪只剩主要枝干的橘树是准备嫁接更好的品种，嫁接后的树两年后能结果。问她们怎么没有男人来做锄地这种活，她们嬉笑回答：男人们都很懒！说话间，又一位拎了热水瓶挎了竹篮的妇女到来，那群锄地的农妇开玩笑地向我介绍，这是她们的老板，她们都是帮她干活的。那晚来的妇女很羞涩地笑，问我这个外来者要不要喝水，并从篮子里找了一个又大又没有斑点的柑橘，递给我，说这是自家地里去年结的。在路旁吃完柑橘，和锄地的快乐农妇们告别，我往回走。

路边一户人家门前，坐着一对老人，老太在剥着摊放地上的细竹笋。他们热情地让我歇一会儿。老太很健谈，边剥笋边和我说话。她说门前的那条溪沟里原来水很大的，因为上面修了水电站，现在基本就干了，没有水了。她告诉我"乐平里"原来叫"落脚里"，早先是谭、李、向、黄四大姓从外地迁来，在此落脚。因此，现在的乐平里姓屈的倒很少，主要是这四姓。她自己姓谭，年轻时开过旅社饭店，有两个儿子一个女儿，一个儿子在前山坡镇上帮领导开车，另外两个在外面开餐馆。

离开老人，继续返回时途经学校，我进去转了一圈。学校依山而建，依次是篮球场、教学楼和宿舍。全校的学生似乎正在进行大扫除，孩子们有的在扫地，有的在拔草。在教学楼一间挂"远程教学"牌子的教室内，看见一个老师模样的年轻人坐在电脑前，就打了招呼。他起初有些惊愕，从教室出来，稍谈几句后，彼此就自然了。他姓屈，是英语老师。屈老师介绍，现在"屈原中小学"已经纯粹只是小学，中学搬到前山坡镇上去了。一到六年级的学生包括老师，绝大部分都在校内住宿。考虑到学生们的家分散在山里各处，行走不便，因此他们是上十天课，放假四天，等于两周合并。我们谈得相当投机，我告诉屈老师我在乐平里的住地，于是相约，晚上他带两个朋友过来我们一起吃饭。

从学校出来，我的目标便是登上不远处的小山顶，去拜谒屈原庙。过摇晃的破铁索桥，在树林间沿春草漫长的模糊山径，一口气登到顶上。在庙前近距离再仰望一下，略已西斜的日光之中，白色的屈原庙（更详细地说，是白墙、黑瓦、蓝匾、黄字的屈原庙），灿烂、内敛又孤独。

庙门是锁的。先看门两侧勒于石上的庙联：千古高风洋洋华章耀日月，一生亢直铮铮鲠骨壮河山。不甘心就此回去。在学校时屈老师告诉过我，守庙者是村里的一位退休老师，姓徐。庙旁山坡上的蚕豆棵间，有一位妇女在摘蚕豆。上前打听，有没有人能开庙门，徐老师在不在山上。她指点我到庙后不远的旧房子那边看看。走过去，果然见有一位老者，背对着我，在山中的旧房前，寂坐于一张小靠背竹椅上。我轻声询问："您是徐老师吗？"老人闻声转身、站起，听清我的来意后，当即找了钥匙，缓步领我前往。

老人名叫徐正端，今年八十一岁。打开庙门，徐老师在门前为我指点山川形势，庙左为伏虎山，庙右为天池山，庙前则下临凤凰溪，门口一株古老的黄栗大树，其形如钟，风水殊好。屈原庙旧址在对面香炉坪上，"文化大革命"中被毁，在1982年改建于此。祠庙简洁庄重，庙堂上方，供有一尊白色的屈原全身立像，佩剑，高冠，衣袂飘动。看此像，马上能联想到屈原的自我描述："带长铗之陆离兮，冠切云之崔嵬。"像旁保存有一块清代残碑，上书："清烈屈公名平字灵均三闾大夫……""清烈"，我久久注意这两个汉字，这是中国文化中秘密传承、令我激动的一股精神脉流，它独辟一径，孤傲地汹涌于主流之外的暗处，给无数需要的后来者汲饮，从不曾枯断。

徐正端老人热爱他的乡里前辈屈原，令我感佩的是，就是凭着这种简单却深挚的热爱，老人已经义务在此守庙二十余载！不光是守庙，徐老已经把整个身心，凝结于此。庙堂之内，环壁而嵌的黑色大理石上，镌刻着楚辞二十五篇，老人讲，这是他自己拿出积蓄的两万多元搞成的。仔细阅读，更令我惊叹的是，大理石上的楚辞书法，有一半竟是出自徐正端老人之手！端正凝劲的小楷，功力深厚，一如老人之名。闲话之间，我问老人最喜欢屈原什么作品。老人沉吟半刻，答道：还是《橘颂》，"嗟尔幼志，有以异兮。独立不迁，岂不可喜兮"，写得好！听后心中有暗合的喜悦，因为屈原作品中，《橘颂》也是我所特别喜欢的一篇。

依依和徐正端老人道别，心中萦绕一个念头：家乡有徐老师这样的人在，前辈屈原在天有灵，会深觉欣慰。

我重新下到屈峡路上，向住地返回。路上一辆载着一个小女孩的摩托车经过我时停下，车手问我：你是江苏来的吧？你回去后稍微等下，我马上就回来。明白了，这是我投宿人家的主人，年轻女子的老公。

回到住地喝了一杯茶，路遇的主人就回来了。他叫黄成，是乐平里谭、李、向、黄四大姓之一，1972 年生人。稍聊几句就熟识起来。他曾在浙江温州的永嘉县打工 6 年，刚才摩托车后坐的是他们的大女儿，读小学二年级。因为刚生了儿子，所以暂时在家不出去。讲到屈原的事情，他说他大哥比较了解，因为村里有个"三闾骚坛诗社"，他大哥是诗社社长。听后新鲜，便问黄成能不能请他大哥晚饭时过来坐坐。黄成当即给他在上面水电站工作的大哥打了电话。

黄成骑摩托车带我去看山上的屈原遗迹：照面井和读书洞。在空空的盘山路上绕了几圈，摩托停下，再步行进到长满橘树的山坡。照面井被杂树簇拥，井前石质扶栏围成一个半月形场地，绿荫匝地。井浅，水清，据黄成讲四季不干。有一块清代咸丰年间的石碑立在井后，上有"照面井"等字样。相传屈原少时常在此井喝水、照面。后世衍变，说此井能辨忠奸，好人照井，容貌如常；奸人照井，脸相狰狞。我也忍不住临井一照，还好，一如平常。看过照面井，再去相距不是太远的读书洞。屈原当年读书的石洞并不幽深，仅能避雨而已。洞口有柏树苍青，洞上有奇异的藤蔓悬垂。走前捡了两片读书洞中的小小石片，以作留念。

晚饭热闹。座中有黄成的哥哥黄琼（中午所见抱婴儿的高瘦女子就是他的妻子），屈原小学的屈拥军老师、徐宏虎老师、李星琼老师。其中的李老师，是屈原小学校长。虽是新识，却如旧友，话题翩跹，兴尽盏空。

夜深。睡于三楼一间空荡的房间。从打开的窗户，涌进来的是橘花和槐花交融而成的馥郁夜气。楚地江畔深山中的乐平里，弥漫秘密的芬芳。"日月忽其不淹兮，春与秋其代序。惟草木之零落兮，恐美人之迟暮""路漫漫其修远兮，吾将上下而求索""山中人兮芳杜若，饮石泉兮荫松柏""世溷浊而莫余知兮，吾方高驰而不顾""朝饮木兰之坠露兮，夕餐秋菊之落英""举世皆浊我独清，众人皆醉我独醒"……前辈屈原保存于纸页上的这些吟哦，在古老楚地的深夜，在他的家乡，再一次被我感知。独自睡眠于乐平里，我，有隐隐不述的真切激动。

头遍鸡叫在凌晨3时鸣响。清晨六时许，我起床。黄成夫妇已经在厨房忙着做包子，他们家也对外供应早餐。洗漱毕，我就着一大碗粥汤吃了两个包子，准备离开。已经向他们打听并看过地图，我不回秭归，而是从兴山县的峡口镇出去。黄成忙，他帮着叫了一个他的朋友小徐送我。门口的摩托声轰响，小徐来了。背包，坐上摩托，和黄成夫妇告别。沿着清晨的屈峡路，又在崇山峻岭间风驰电掣了约20分钟，到达峡口镇。在这里的路边，我等待从兴山县城开出的汽车，前往宜昌。

山国志

通往邻省的山乡公路已然憩静。现在是春天星空下的晚餐。之前，是满眼的竹林，是山道旁整串整串悬垂挤拥的浅蓝花束，是砍伐下来、堆垒于山麓的成捆竹子（每一根依然活着的竹子，像极遒劲挣扭的根根龙须），是人家场院上刀削乱滚的粗壮大笋，是山中归来的农妇，竹篓里鲜碧欲滴的野茶叶……

晚餐所在的农家地势很高，我们的木桌，摆在他们室外的水泥露台上。弧形的墨蓝星空，散发着新鲜的十字花科气息，成为晚餐的背景；更为接近的背景，是眼前和身后的低缓群山，慈静而又温柔。木桌上，黑得发亮的乌饭是地方特产，有强烈的植物清香，这是用浸透了"乌饭草头"汁液之水的糯米烧煮而成，蘸了一旁小碗里的白糖吃，绝对是当季的乡间美食；还有带有溪涧气息的好吃的鱼，还有喷香的炒鸡蛋；杯中酒液，晃动头顶星空一样的诱人凉意，一口口，它们经由唇齿，持续抵达渐渐沉醉的内心。

　　夜向深处滑坠。群山和星空的暗夜之中，农家屋前高杆上一盏孤零零的电灯，努力想与天上的星光辉映。我们起身，告辞，走返位于山中的住宿地。夜色里的漫山竹林，像黑暗的无尽涌浪，波动于我们身侧。能够清晰地感知，一株株的竹树，像密语狂欢的神或仙，却都是如此友好与祥瑞。房间几乎就在竹林中间，因此，午夜的梦中，充满了新竹拔节和晚笋拱土的清新声音……

竹林间

后记：在中国深处

"中国之辽阔之巨大感染了我。"居住于东西方交界处的土耳其作家奥尔罕·帕慕克，如是深深感慨。

这一册书，是我，一个中国人，自由地潜游于祖国深处的汉字呈现。

宏观壮丽的山河风景，微观生动的音容神貌；深邃的往昔的历史，灼热而又复杂的当代现实——它们强大的力量，交融着我个人目光和心灵的贪婪迫切，让我随时停下来，长久凝视。

中国的空间。深刻的地理感。强烈的个人性。野心勃勃地，我想——涵纳于薄薄的书页之间。

潜游于中国深处。沉醉，感受，汲取。甚至，不需要人知。

书写之时，时时想到、时时警醒自己的，是这样简短一句：汉字的镌刻。

通过这一册书，我已经懂得并且领受：无论遭遇何种戕害，东方大地所独有的充沛精神、强劲元气，始终不渝，始终护佑并滋养着她所心知的默默追寻者。

黑陶